Wenn es weh tut, war es Liebe

Elle Voyage

Ich pflückte ein paar Blumen für dich, um dir ihr Leben zu schenken...

Impressum:

Text: Anais C. Miller & Elle Voyage

Bilder: Curt Themessl, Wien, Stefan Dernbarch, Anais C. Miller, Alfred Pany, Wien

Hergestellt, Printed in Germany

Dezember 2016

Books on Demand

„Verlieren gehört leider zu den Risiken des größten Spiels der Welt: Die Liebe"

„Es gibt nichts schöneres, als Liebe frei leben zu dürfen

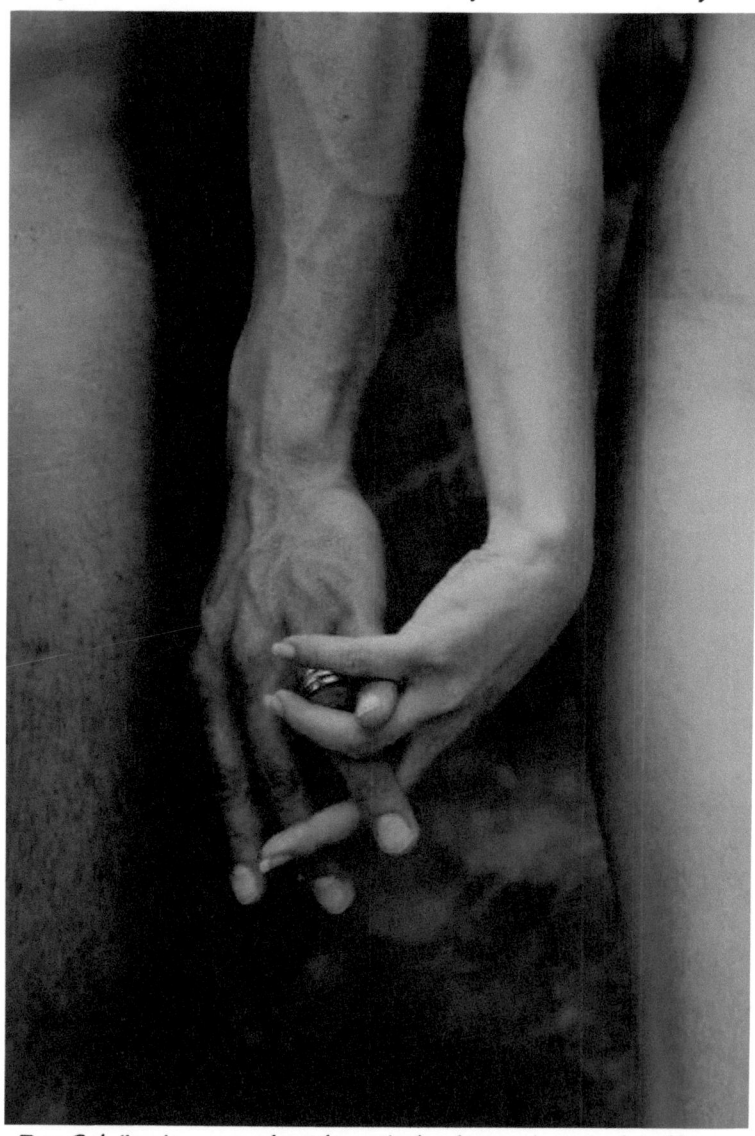

Das Schönste, was ein Mensch besitzen kann, ist die wahre Liebe.

Liebe...

Kleines Vorwort:

Dieses Buch soll Spaß machen! Ich habe ein wenig experimentiert in Wort, Größe und Schrift.

Ich möchte, dass sich meine Bücher „leicht" lesen lassen.

Seid nicht zu streng mit mir, wenn ihr Rezensionen schreibt! Ich bin nur eine kleine arme Self-Publisherin, mit Spaß an der Freud.

Wenn ich Euch eine Freude mit diesem Buch machen konnte, freut mich das riesig! Danke!

Eure Elle

Foto: @Alfred Pany, Wien

„Die Bank ist leer, am Meer... dort sitzt auch keine Liebe mehr...!

„Manchmal braucht man den Moment der Stille. Eine Auszeit der Gefühle, um sie zu sortieren".

„Der Schmerz vergeht nicht. Man schafft nur Platz dafür".

„Ich war dir verfallen, jetzt falle ich nur noch".

Liebe...

Ist alles still und leer

Die Sonne hat keine Strahlen
die Nacht keine Sterne mehr

ich stehe im Regen, wie angewurzelt festgewachsen
unfähig mich zu bewegen

rühre mich nicht von der Stelle
bis die Welle reißt mich los

wie Ebbe und Flut
mein Gefühle für dich

mit jedem Wellenschlag
entferne ich mich

lass das Ufer zurück

vor dem Ertrinken
erwache ich

seit du fort bist
ist alles still und leer
um mich

Das Buch „Wenn es weh tut, war es Liebe",

schrieb ich, weil ich vor wenigen Tagen auf der Suche nach Liebe war.

Ich suchte die Liebe in einem Buch.

Ich fand sie nicht. Daher beschloss ich, selbst ein Buch über die Liebe zu schreiben. Für mich. Dann kann ich es lesen. Wann immer ich will. Mein eigenes Buch der Liebe.

Ich möchte nicht philosophieren über die Liebe. Ich möchte mich an sie erinnern. An die Menschen, die mir im Zusammenhang mit Liebe in meinem Leben begegneten und ich möchte mich erinnern an die Liebe selbst.

Wo auch immer ich Liebe fand in meinem Leben und wo auch immer ich sie entdeckte, die Liebe traf ich in Büchern, Worten, Menschen, Lyrik, Poesie, Gedichten, Tieren, Geschichten, Ereignissen und Augenblicken.

Erotik, Sinnlichkeit, Sex, Romantik, Sonne, Sommer, Strand und Meer. Alles gehört für mich mit zu der Liebe.

Sonnenuntergänge. Ja, auch sie gehören in das Buch der Liebe…

Sie sind für mich…

Liebe!

Foto: @ Stefan Dernbach

Unser Leben ist vielleicht nichts weiter als ein Tropfen, ein Sandkorn,

ein Sternenfunkeln.

Aber du kannst jeden Augenblick davon so bedeutsam machen wie das Meer, den Strand und die Sterne darüber.

-Jochen Mariss-

„An einer unglücklichen Liebe scheitert man zuweilen weniger als an einer glücklichen". -Friedl Beutelrock-

An dem Zitat lässt sich erkennen, dass es mit der Liebe nicht wirklich einfach ist. Liebe ist für mich persönlich immer mit Schmerz verbunden. Liebe tut weh. Muss weh tun. Damit ich sie fühlen und spüren kann.

Schmerzen...

Manchmal werden sie mir beabsichtigt vom Partner zugefügt, den ich liebe oder geliebt habe, manchmal geschehen sie „Aus Versehen". Sie wurden mir unbewusst zugefügt.

Schmerzen begleiten die Liebe. Das ist unumgänglich.

Liebe ist Schmerz! Wer das abstreitet, hat sie nicht verstanden, die Liebe. Nur wenn es im Herzen weh tut, ist es Liebe!
Das merkte ich oftmals im Abschied. Wenn die Beziehung, die Liebe zum Partner kaputt ging und ich mit ihm meine Liebe verlor.

Wochen später kommt er, der unheilbare Schmerz. „Unheilbar" scheint er zunächst. Die Zeit heilt alle Wunden und er wird vergehen, der Liebesschmerz.

Darüber bin ich im Bilde. Weil ich die Liebe in ihrer ganzen Form und in ihrem Ausmaß erlebe und sie durchlebt habe.

Im Moment, wenn die Liebe schmerzt, mein Herz arg so schwer ist, es an Kummer und Leid zu zerbrechen droht, dann glaube ich, dass er nie vergeht, der Schmerz der Liebe.

Einige Menschen landen der Liebe wegen in der Psychiatrie.

Andere werden krank aus Liebe.

Das ist nicht witzig oder lustig. Das ist bitter. Einem Menschen Liebe zu schenken, der unsere Liebe nicht erwidert, ist grausam.

Liebe nicht zu erhalten, wo sie erwartet wird, ist ebenso grausam. Die Schmerzen im Herzen können uns töten, wenn wir sie einlassen in unsere Seele.

Ich gewährte ihnen jahrelang „Freien Einlass".

Ohne die Liebe gäbe es kein Leben auf der Erde.

Kein Ich, kein Du.

Kein Tier, kein Mensch.

Die Liebe gehört zum Leben dazu wie der Regen zur Sonne. Die Wolken zum klaren, wolkenlosen Himmel. Die Sterne zum Mond.

Alles was ist, ist Liebe. Alles was wird, wird Liebe.

Alles was war, ist Liebe gewesen.

„Liebe ist nicht das, was man erwartet zu bekommen, sondern das, was man bereit ist zu geben".

Katharine Hepburn

„Ich war mal solch ein Mensch. Der immer „Alles" gab. Für andere Menschen. Dann war ich wiederum ein anderer. Ich bin weit gegangen und habe einige Persönlichkeiten auf dem Weg verloren.

Von mancher habe ich ganz bewusst Abschied genommen.

Habe sie aufgegeben. Ich bemühe mich, den Kontakt möglichst gering zu halten zu schwierigen Charakteren und stattdessen mehr Zeit mit den „**Lichtvollen**" zu verbringen.

Den ein oder anderen habe ich erst spät getroffen und manchen aus jahrelanger Gefangenschaft befreit.

Ich war mal ein Mensch und dann ein anderer und keiner war ich für immer...

Sie kommen und gehen. Sie sind alle Teile meiner persönlichen Entwicklung!"

„Es wechselt Pein und Lust. Genieße wenn du kannst und leide, wenn du musst".

„Was immer du dir vorstellst, hier passiert es"...

Wenn Herz und Seele weinen, hört und sieht es niemand. Nur der Schmerz fühlt seinen Verlust.

Liebe tut weh. Immer. Wenn sie geht, liegt mein Herz in Trümmern. Tut es das nicht, habe ich nicht richtig geliebt.

Dann bin ich froh, denn dann war es nur eine „Liebeserscheinung".

Richtige Liebe, die zerreißt mir alles im Herzen.

„An Dir liebte ich die Freiheit! Die Freiheit, Dich zu sehen, wann ich es wollte und wann nicht. Ich liebte an Dir, dass Du mich wie den letzten Dreck behandelt und mir Schmerzen zugefügt hast.

Mit deiner Zärtlichkeit, deinen Berührungen und deiner Liebe nahmst Du mir all diese Schmerzen wieder.

Deshalb und nur deshalb, liebte ich Dich!"

Wir Menschen, wir lieben oftmals das, was uns nicht gut tut und uns verletzt.

Wahrscheinlich weil es die emotionalsten Gefühle in uns ausgräbt, wenn wir schlecht behandelt werden.

Liebe ist IMMER! Mit Schmerzen verbunden!

Wer das Gegenteil behauptet, hat die Liebe nicht verstanden!

Foto: @ Anais C. Miller Renesse 2016

"Das Meer ist alles.

Es bedeckt sieben Zehntel der Erde.

Sein Atem ist rein und gesund. Es ist eine immense Wüste, wo ein Mann nie alleine ist, in dem er fühlen kann, wie das Leben aller in ihm bebt.

Das Meer ist nur ein Behälter für alle die ungeheuren, übernatürlichen Dinge, die darin existieren; es ist nicht nur Bewegung und Liebe; es ist die lebende Unendlichkeit."

- Jules Verne, 20.000 Meilen unter der Erde

Ich liebe dich...

Kapitel I

„Liebeszeichen"

Vor wenigen Tagen las ich das kleine Büchlein eines Self Publishers.

Self Publisher, welch ein grausames Wort.

Nichts anderes bedeutet es, als die Beschreibung für einen dieser „ Idioten", die sich wie irre einen „abstrampeln", weil sie meinen, sie schreiben ein gutes Buch.

Damit das Buch Gehör und Zugang zur Außenwelt findet, der unentdeckte „Bestseller", setzen sie alle Hebel in Bewegung, damit es funktioniert. Die Self Publisher.

Auf Biegen und Brechen. Einige dieser Typen landen danach in der Klapsmühle oder sterben einen Heldentod an körperlicher Erschöpfung. Einige sprachen von Taubheitsgefühlen.

-In ihren Füssen.

Schreibt man Bücher nicht eigentlich mit den Händen?

Angefangen über das Schreiben, darf niemand vergessen, die komplette Vermarktung übernehmen wir, die „ Self Idiots" selbst!

Bevor das Buch also überhaupt am Markt ist, sind wir finanziell längst pleite und am Limit unserer Kräfte.

Dieses kleine aber feine Büchlein, das ich gelesen habe, schrieb mein Freund. Mein Ex Freund, wohlbemerkt. Wir sind mittlerweile getrennt. Mal wieder oder immer noch oder schon wieder. Da gibt es viele Begriffe für, die unser „Problem" beschreiben könnten.

Natürlich interessiert es mich brennend, was er geschrieben und veröffentlich hat. Vor allem, wenn es um das Thema „Liebe" geht.

Wir beide sind genau aus dem Grunde auseinander, bzw. getrennt. Weil es mit der Liebe bei uns nicht funktioniert hat.

Natürlich spielen er und ich in **meinem** Buch eine größere Rolle. Wir haben einiges miteinander erlebt und viele Erlebnisse geteilt. Sexuelle, Romantische, Traurige und Fröhliche. All das, was zu der Liebe dazugehört.

Wenn ich über die Liebe schreibe, gehören die Menschen, von denen ich Liebe bekommen habe, denen ich meine Liebe schenke oder geschenkt habe, wie auch immer, ausnahmslos mit dazu!

Meinen Ex Freund nenne ich im weiteren Verlauf dieses Buches einfach mal „Herrn S".

Jedenfalls, ich habe das Buch von Herrn S. gelesen. Es heißt „Liebeszeichen".

Herr S. hatte nichts davon erwähnt, dass er ein Buch in der Art schrieb. Mit in der Art meine ich ein Buch über **die Liebe**. Er hatte es recht zügig fertiggestellt.

Meiner Meinung nach schreibt man an einem wirklich guten Buch über die Liebe ein ganzes Leben lang...und wird niemals fertig...

Innerhalb weniger Tage war das Dingen am Markt. Der Klappentext las sich absolut genial. Mensch, dachte ich, Herr S. hat richtig was Feines aus dem Hut gezaubert. In Erinnerung an seine verstorbenen Freunde schrieb er über die Liebe. Wo sie einst zu finden war, die Liebe im Leben seiner Freunde und in seinem eigenen Leben.

Nebenbei dachte, wow, endlich schrieb der Typ mal etwas über das Thema Liebe... In unserem Kapitel, dem realen Leben hatte er es nicht so mit „Gefühlen" oder Gefühl zeigen. Dazu später mehr.

Völlig gespannt war ich auf seinen inhaltlichen Text.

Jeder Mensch liest gerne Bücher über die Liebe. Meiner Meinung nach verkauft sich das Thema „Liebe" unheimlich gut.

Einer der Gründe, warum meine Beziehung zu Herrn S. nicht geklappt hat, ist der, dass er mir gegenüber viel zu wenig Liebe bekundet hat.

Aus genau dem Grund überraschte mich sein Buch umso mehr.

Einsam und vernachlässigt fühlte ich mich in der Partnerschaftsrolle neben Herrn S.

Nein, zu der Liebe gehörten für mich viel mehr, als nur gemeinsam in die Kiste zu steigen, Einkaufen zu gehen, Shopping Tour in der City und einen gemeinsamen Urlaub am Strand zu erleben.

Liebe ist ein wahnsinnig sensibles Thema für mich persönlich. Mittlerweile bin ich 40 Jahre alt, da weiß ich schon, was ich will und was nicht!

Jedenfalls Herrn S. sein Buch " Liebeszeichen" hat mich wahnsinnig gemacht. Wie irre suchte ich in seinen Zeilen, zwischen den Zeilen, am Anfang der Zeilen und am Ende seiner Zeilen nach „Liebe".

Mal abgesehen davon, dass ich persönlich in dem Buch mit keinem Wort erwähnt wurde! Frechheit! Meiner Meinung nach gehöre auch ich zu den Liebeszeichen…!

Sorry, lieber Herr S. aber ich habe keine Liebe in deinem Buch finden können! Nicht einmal das Cover deines Buches erinnert mich an Liebe. Das Buchcover gleicht einem Musikbuch für Schüler der Grundschulklasse.

Ok, Liebe findet man auch in der Musik. Natürlich. Aber ein Buch über Liebe mit einem „Musikinstrument Cover" ist schon eine Hausnummer. Die Erwartungshaltung der Leser ist groß. Böse Falle. Vielleicht wäre ein „Notenschlüssel" mit Herzchen eine Alternative gewesen?! Mich sprach das Cover nicht an…

LIEBESZEICHEN

Foto:@ Stefan Dernbach Buch „Liebeszeichen-Brandzeichen" 2016

Für meinen Freund, Ex Freund, ist jenes Buch, das er schrieb, nun also ein tolles „Liebesbuch". Gefüllt randvoll mit Liebe, Musik, Gedanken und Poesie rund um die schönste Sache der Welt.

Irgendwo an einer Stelle war Angela Merkel erwähnt. Ganz ehrlich, was sucht diese Person in einem Buch über Liebe?

Wenn man mein und sein Buch im Vergleich einmal hintereinander weg liest, dann weiß wahrscheinlich am Ende der beiden Bücher ein jeder Leser, warum unsere Beziehung den Bach runter gegangen ist.

Wir sind nämlich völlig unterschiedlich. Wie Feuer und Eis sind wir.

Gegensätzlicher können zwei Menschen nicht sein.

Allerdings übernehme ich keine Gewährleistung, dass beim Lesen seines Buches nicht unerwünschte Nebenwirkungen auftreten in Form von Frustration und Enttäuschung, weil nicht nur ich nichts über die Liebe in seinem Buch gefunden habe…

Dennoch. Jedem, der einmal etwas über die Liebe lesen möchte, lege ich sein Buch ans Herz.

Herr S. ist ein feiner Kerl. Er hat das verdient, dass sein „Liebeswerk" gewürdigt wird. Gönnt Euch einfach mal den Spaß, etwas über die Liebe zu lesen, was „Menschen" persönlich so in das Wort „Liebe" hinein interpretieren! Das ist spannend!

Das kann durchaus Freude bringen. (Vielleicht)

Bezüglich des Covers mit dem Musikinstrument. Wenn ich an Musik und Liebe denken, fallen mir sehr schöne Songtexte ein, die von Liebe erzählen.

Von Sunrise Avenue, „Prisoner in Paradise"

„Prisoner in Paradise"

Your skin
touching my skin in the morning
smelling like sun on the water
what could be wrong with this?
Air
Catching my breath isn't easy
Feels like you're breathing for me
Something is wrong with this

We're close
Maybe too close for comfort
And if I'm really honest
I'll never get used to this

Why am I fighting the angels?
Where do they want to take me?
Why is it so hard to fly?

What is so great about freedom?
You never meant to make me
A prisoner in paradise
Stay
Staying's against my nature
Credits for good behavior
Baby just give me some
We're close

We're way too close for comfort
And if I'm really honest

I still have the urge to run

Why am I fighting the angels?
Where do they want to take me?
Why is it so hard to fly?

What is so great about freedom?
You never meant to make me
a prisoner in paradise

why am I fighting the angels?
Why do they want to make me
a prisoner in paradise?

Your skin
touching my skin in the morning
smelling like sun on the water
what could be wrong with this?

What is so great about freedom?
You never meant to make me
a prisoner in paradise
why am I fighting the angels?
Why do they want to make me
a prisoner in paradise?

Foto: @ Anais C. Miller alias Elle Voyage

Chaotisch bin ich.

Absolut. Alles in meinem Leben erledige ich zwischen Tür und Angel.

Schreibe Bücher an nur einem Tag, ziehe 10 meiner geschriebenen Werke hintereinander hoch und mache in kürzester Zeit 5 Neuauflagen, weil ich beim Lesen der ersten, zweiten und dritten Auflage feststelle, wie viele Fehler in der ersten eigentlich enthalten sind. Jetzt wisst ihr auch, warum manchmal „Zahlenangaben" hinter meinen Buchtiteln stehen. Ich bin der „Menderes Bagci" in der Bücherwelt …

Herr S. ist genauso chaotisch. Allerdings nicht in seinem Tun als Autor. Darin ist er nahezu perfekt. Ich wünschte, ich hätte die Begabung seiner Perfektion.

Ich wäre Bestsellerautorin!

Seine Bücher sind tadellos in der Aufmachung und es gibt immer nur eine Auflage. Die ist wirklich erste Sahne, da muss nichts mehr geändert werden.

Fehlerfrei, erstklassig und optisch ein Augenschmaus. Warum Herr S. nicht zum Bestsellerautor mutiert, ich weiß es nicht.

Gut, er schreibt hochgestochen und anspruchsvoll. Für Hartz IV Empfänger, die den ganzen Tag vor dem PC sitzen, ist das, was er schreibt, nicht nachzuvollziehen. Es würde sie überfordern.

Die Leute würden irre, wenn sie Herrn S. seine Bücher lesen würden.

Derartige, gelangweilte Menschen benötigen Fantasy und Action. Die wollen in eine andere Welt „entflogen" werden.

Ich erinnere mich an eine eigene Aussage von Herrn S. Er erzählte mir, er habe vor Jahren Bücher für eine Psychiatrie geschrieben, bzw. schreiben wollen. Nachdem der Leiter der „Irrenanstalt", die Manuskripte „Probe" gelesen hatte, sagte dieser ziemlich entsetzt:

" Herr S., unsere Leute sind doch schon alle verrück hier, wo soll das denn hinführen? Mit ihren Texten überfordern Sie doch bereits den Otto-Normal-Menschen!"

Was ist ein Otto-Normal-Mensch? Fragte ich mich damals.

Vernachlässigte Frauen, denen die Liebe abhanden gekommen ist, möchten Liebesromane lesen, die ihre Herzen zum Schmelzen bringen.

Schmalz, Kitsch und Romantik, ohne Ende. Schleim, sülz, schmier, weich, rutschiger, auf einer Liebesschleimspur wollen sie ausrutschen.

Vorher kaufen sie sich Taschentücher ohne Ende, weil sie hoffen, dass sie im Rotz und Wasser ihres Selbstmitleids ertrinken.

Die Autoren solcher „Schmalz-Bücher" sind in den Bestsellerlisten zu finden.

Respekt und Glückwunsch!

Ich nenne das, die Herzen der Leser verarschen!

Die Realität der Liebe sieht anderes aus!

Ich überlegte, meinem Buch ein „Schweinchen rosafarbiges" Cover zu verpassen, so richtig kitschig.

Mensch, ich will auch mal in die Bestsellerliste!

Herrn S. jammere ich hinterher. Ich liebe ihn, den Verrückten. Ihn, diesen Chaoten.

Niemand würde erwarten, dass Herr S. ein verrückter Chaot ist.

Niemand, der seine Bücher liest.

Leider liest kaum jemand seine Bücher.

Das Leben von Herrn S. ist, wie soll ich sagen, bildlich gesehen ein Abfalleimer, der ständig überquillt, weil die Müllabfuhr ihn nicht abholt.

Die Müllabfuhr bemüht sich nicht mehr, weil der Müll von Herrn S. nicht mehr getrennt wird. Mülltrennung ist nicht Jedermanns Sache...

Ich erkläre das gern! Im Schlafzimmer von Herrn S. befindet sich der größte Teil seines Büros. Genialste Flyer seiner Bücher liegen dort fein ordentlich in Kartons verpackt.

Die hat noch niemand zu Gesicht bekommen, die Flyer. In den Kartons machen sie sich auch weitaus besser, als in den Briefkästen der Nachbarschaft.

Bücher, so weit das Auge reicht, im Schlafzimmer. In einem Kleiderschrank vermutet man eigentlich Anzüge, Hemden und Hosen.

Nicht bei Herrn S.

Beim genaueren Hinsehen finden wir Aktenordner, Bücher und Unterlagen, die vielleicht ein Steuerberater mal durchsehen müsste.

Nicht weil Herr S. keine Steuern zahlt, sondern weil dort brachliegende Schätze zu finden sind. Wahre Antiquitäten.

Tagebücher und Ideen, aufgeschrieben über Jahre, die wirklich Geld bringen könnten, wenn sie öffentlich gemacht würden.

Sortiert sind sie leider nicht. Alles schön reingeschoben in den Schrank, ein einziges Durcheinander. Desaster.

Ein Schild gehört an die Schiebetür des Kleiderschranks:

"Bitte nicht öffnen", Aktenordnererschlagungsgefahr!"

Neben dem Bett ist ein Holzregal in die Wand gezimmert. Sehr lieblos angebracht! An diesem stoße ich mir jedes Mal, wenn ich bei Herrn S. nächtige, meinen Schädel. Das Regal dient dem Zweck, Bücher zu tragen.

Die Bücher sind nicht meine Lese-Richtung. Titel wie: " So wird ihr Buch ein Erfolg!" „Der richtige Verlag für ihr Meisterwerk!"

Wenn du dir nachts im Schlaf deinen Schädel ramponierst, brauchst du keinen Erfolg mehr!

Eher einen Arzt mit geschickten Fingern, der deine Hirse wieder zusammenflickt. Chaotischer geht es nicht. Ein zerstreuter Professor ist Herr S.

Irgendwann wird er im Chaos seines Lebens versinken.

Untergehen.

Haben das alle Autoren? Selbstgezimmerte Bücherregale neben ihren Betten? Dann weiß ich jetzt, woher bei manchen die sogenannte „Schreibblockade" kommt!

Keine Ahnung, was ich anstellen muss, damit ich Herrn S. aus meinem Kopf bekomme. Ihn, meine große Liebe.

Das ist verrückt.

Mein Herz schreit nach ihm, aber mein Verstand prügelt meine Seele, um ihn endlich vergessen zu können.

Wiedersehen möchte ich Herrn S. vorläufig jedenfalls nicht. Schwach und rückfällig könnte ich werden. Die Liebe zu diesem Typen ist eine Krankheit. Eine unheilbare.

Die Liebe zu Herrn S. sitzt tief.

Seine Hände, Lippen, die Berührungen auf meiner Haut. All das vermisse ich. Allein der Gedanke an unseren Sex macht mich wahnsinnig und ich wünsche ihn mir herbei und dich, Herr S.! Direkt zu mir nach Hause.

Auf meine Couch. Mit dir sofort und ohne Ende, das sang einst „Jürgen Drews".

Hatten wir beide Rosenkrieg? Naja, Rosenkrieg weniger.

Krieg hatten wir am Ende unserer Liebe bestimmt, obwohl die Liebe zwischen uns eigentlich noch gar nicht zu Ende war.

Unsere Liebe war nicht vorbei, nein!

Auszeit war es vielleicht.

Für meinen Teil, ich liebe Herrn S. immer noch.

Das wird auch so bleiben, denn meine Liebe kann ich mir nicht mal eben aus dem Herzen reißen.

Herr S. behauptet, dass er „Alles" gab für die Liebe zu mir. Ich behaupte, dass das nicht annähernd der Wahrheit entspricht.

Gut, wir führten einen erbitterten Krieg.

Bitterböse klagten wir uns an. Manchmal fragte ich mich zwischendurch, wie ich eigentlich auf solch einen „Dreckskerl" reinfallen konnte.

Gegenseitige Wut aufeinander, bedeutet aber noch nicht zwangsläufig das Liebes- Aus!

Oftmals ist die Liebe dort viel stärker, wo ordentlich die Fetzen fliegen,

-als in einer Beziehung, in der es nur „flach" einhergeht!

Gewitter reinigen die Luft, sage ich immer.

An den Lieblingsspruch meines **Ex Ex** Freundes erinnere ich mich:

„Wo die Liebe hinfällt" und wenn es auf den Misthaufen ist!"

Mit dem Spruch meinte er übrigens damals mich, seine ehemalige große Liebe. Seine Liebe war also mit mir auf einen Misthaufen gefallen.

Herrlich die Liebe mit ihm!

Am Anfang war alles toll zwischen uns, rosarot, ach „Schätzelein", ich liebe dich, usw.

Schlimm, wenn man der Liebe ihre Brille mal abnimmt.

Am Ende war ich der Misthaufen, auf den nur noch Dreck und Scheiße geschaufelt wurde und ich fragte mich, warum eigentlich?

Immerhin ist dort mal Liebe zwischen uns gewesen!

Wo die Liebe einst beginnt, endet sie oftmals in einer Katastrophe.

Katastrophe deshalb, weil es Streit geben kann, so schlimm, dass die Protagonisten im „Film der Liebe" nur noch mit den Ohren schlackern und die Herren der Schöpfung mit ihren Eiern.

In dem Film „Rosenkrieg" z.B., das Ende ist so dramatisch, abgrundtief böse und erschreckend. Da kann auch ich nicht mehr lachen.

Selbst eine Freundschaft, die zu Ende geht, könnte niemals so grausam enden wie eine Liebe, in der plötzlich nur noch Hass und Rachsucht regieren.

Warum eine Liebe oftmals „gnadenlos" endet, ist genauso schwer nachzuvollziehen, wie das Buch „Liebeszeichen" von Herrn S., in dem ich keine Liebe finde.

Es gibt Dinge im Leben, die muss „Mann" nicht verstehen.

„Frau" auch nicht.

Dennoch ist das Buch wunderbar geschrieben!

Bitte kauft es Euch alle! Jeder Mensch interpretiert Liebe einfach anders.

Herr S. braucht die Kohle! Für sein Liebesprojekt! ☺

Aber, pssst! „Schleichwerbung" ist illegal! Ach, was tut man nicht alles für die Liebe?!

Ich hätte alles für die Liebe getan! Und Ihr auch! Das weiß ich doch! Jeder Mensch will Liebe! Jeder braucht sie zum Überleben!

Vielleicht findet ein anderer Mensch in dem Buch die Liebe.

Wer weiß!

*Ich habe ein paar Blumen gepflückt,
um dir ihr Leben mitzubringen!"*

Christian Morgenstern

Kapitel II

„Ein Schwuler und ich sterbe"

Meine Tätigkeit, wenn ich nicht „Bücher schreibe, meine Pferde bespaße, meinen Hof bewirtschafte oder mein Kind beschäftige, ist es, an der Kasse zu kassieren. In einem namhaften Supermarkt.

Manchmal bin ich freundlich zu den Kunden. Meistens eigentlich. Ab und zu habe ich aber auch schlechte Laune.

Wenn meine Beziehung z.B. mal wieder beschissen läuft, dann ist die Laune natürlich im Keller. Hatte ich guten Sex, ein liebevolles Wochenende und ist in meinem Liebesleben alles paletti, dann schäume ich über vor Freundlichkeit.

Richtig gut flirten kann ich, wenn es mein Gegenüber erlaubt. In meinem Job hatte ich das von Anfang an schnell raus, mit wem ich mich gedanklich ins Bett schmeißen kann und mit wem nicht.

Die Blicke der höflich grinsenden Herren verraten es mir. Manchmal verreisen sie ins Land der Phantasien und Träume, zusammen mit mir. Das sehe ich an ihren Blicken.

Sie hungern. Nach Liebe, Sex und Zärtlichkeit.

Dieser Typ in der Schlafanzughose. Wenn er vorbeikommt, dann ist alles zu spät bei mir. Hach, ich bin versunken in ihn. Betrunken an ihm fast schon.

Ein wenig peinlich ist mir das, wenn er vor mir steht und mich angrinst. Weiß er wohl, was ich von ihm denke? Gedanklich hatten wir beide einige Male richtig guten Sex. Heißen Sex. Für einen Moment bin ich wie gelähmt, wenn er an meiner Kasse steht.

Er kauft generell wenig ein, so dass unser Vergnügen immer nur kurzweilig ist. Sehnsüchtig blicke ich ihm hinterher wenn er sein Portemonnaie in seine schlabbrige Jogginghose einsteckt und mich mit einem: " Schönen Tag noch!" wieder verlässt.

Jogginghose!

In Jeans habe ich den Typen meinen Lebtag noch nicht gesehen.

Es ist bestimmt nicht die Hose, die ich toll an ihm finde. Es ist auch nicht, dass ich gut finde, dass er in solchen Schlabberhosen rumläuft.

Eigentlich finde ich derartiges Auftreten niveaulos. Sonntags darf „Mann" gern so rumlaufen, aber nicht Alltags.

Es passt zu ihm. Die Schlafanzughose! Ja! Auch am Montag!

Die Hose liebe ich mittlerweile an dem Typen, wie seine Ausstrahlung selbst. Die Schlabberhose macht ihn und seine komplette Erscheinung einzigartig für mich.

Gehen wir geographisch betrachtet an dem Typen weiter nach oben, hinauf seiner „Körperteile", dann erscheint mir sein Körper nicht dünn, auch nicht dick.

„Passend", ist er gebaut! Der Mann, für den meine Sinne gedanklich dahinschmelzen. Wunderbar zum Anfassen sind seine Proportionen.

Größentechnisch könnten wir beide hervorragend harmonieren.

Er ist wahrscheinlich genau 2 cm größer als ich. Immerhin ist er größer.

Es gibt in meinem Leben viele attraktive Männer, die leider viel zu klein für mich sind.

Kleine Männer sind ein „No Go" für mich!

Der Verfasser von „Liebeszeichen" , Herr S., ist groß!

Mit einer der Gründe, warum ich ihm wahrscheinlich hinterher jammere. Es gibt nichts „Herrlicheres", wenn du als Frau einen Mann küsst, der sich zu dir herunter beugt.

Ich finde das sehr erotisch und sinnlich.

Jedenfalls besser, als wenn ich mich bücken muss, um einen Mann zu küssen.

Zurück zu meiner traumhaften „Kassenerscheinung" im Schlafanzug.

Er, in den Schlabberhosen, hat die perfekte Größe für mich.

Die Stimmlage vom „Jogginghosenmann" finde ich unheimlich sexy. Ein wenig Reibeisenstimme hat er. Tief und aufregend klingt sie.

Bei seinem letzten Einkauf sprach er Berliner Akzent.

Ist er ein Berliner? Das nächste Mal frage ich ihn einfach. Dann habe ich wenigstens ein Gesprächsthema.

Meistens verschlägt es mir die Sprache, wenn wir uns begegnen.

Humor hat er übrigens auch!

Ein wenig dreckigen und frauenfeindlichen Charme.

Das macht ihn für mich besonders interessant. Brave Männer mag ich nicht besonders und ich habe auch eine freche Klappe.

Herr S. war auch nicht brav. Eher wild und ungezähmt war er, der trockene Literat. Das mochte ich an ihm. Und seine unberechenbare Art.

Frech war er, der Autor!

Das Abenteuer suche ich, das lodernde Feuer, den Reiz, den Kick. Immer schon.

Brav war gestern.

Da ich SM mag, brauche ich einen herrschenden „Tyrannen" um mich herum.

Einen Mann, der weiß wo es langgeht.

Der Typ in den Schlafanzughosen, der weiß wie der Hase läuft, das habe ich gleich gerochen. Dafür habe ich eine Nase!

Zurück zu seinen Körperteilen. Die Haare. Seine Haare sind eine Wucht. Volle Haarpracht besitzt er, keine Glatze oder Haarausfall in Sicht bei ihm.

Manchmal stehen sie in alle Richtungen, seine Haare. Da macht er mir den Anschein, als sei er zuhause aus dem Bett gehüpft, rein in die Jogginghose, Jacke drüber und ab in den Discounter, Frühstück besorgen.

Auf Mitte 50 schätze ich ihn. Allerdings wirkt er durch seine chaotische Art sehr jugendlich und durchaus jünger. Die Haarfarbe ist schwarz/grau meliert.

Einen Schnäuzer trägt er. Das mag ich bei Männern nicht. 3 oder 4 Tage-Bart, ist mir angenehm, eine Woche Bart geht auch noch, aber Haare unter der Nase auf der Lippe sind nicht wirklich meine Welt. Ihhhhh... geht gar nicht.

Bei ihm, meinem Schnuckelchen, wie ich ihn seit kurzem nenne, ist das mit dem Schnäuzer allerdings erotisch. Einen Tag kam er mit richtigem Bart an meine Kasse. Einem runden Bartschnitt um den Mund herum blickte ich ins Gesicht. Seitlich schön *Babyarsch-glatt- rasiert*.

Da dachte ich doch wirklich, nee, komm Schnuckelchen, bitte rasier das wieder ab. Das sieht doch unmöglich aus. 3 Tage später hatte er mich erhört und sein Gewächs im Gesicht war verschwunden. Das hatte ihm garantiert noch wer anderes gesagt, dass das scheiße aussah an ihm, wer weiß!

Meiner Arbeitskollegin, die hinter der Bäckertheke arbeitet, erzählte ich von meinem „Schnuckelchen".

Dass ich immer ganz erotisiert bin und beinahe sterbe, wenn „er" an der Kasse entlang kommt.

„Jaja", das habe ich schon mitbekommen!" sagte sie wohlwollend. Allerdings gefiel mir ihre abweisende Handbewegung nicht, die sie machte.

Sie hob die Hand winkend über ihre Schulter hinweg und machte so Sachen wie „Tz tz!" „Wie tz tz?", hakte ich nach. „Ja", der Typ ist doch stockschwul!"

Das war ein Schlag in meine Magengrube. Meine Kinnlade fiel tief. „Schwuler Schlafanzughosenmann, den ich also gedanklich begraben kann…"

„Jaja", der hat einen Freund! Ich kenne die beiden gut!

Aber weißt du, probier's doch mal, vielleicht ist er bisexuell und du kannst trotzdem bei ihm landen!"

Egal,… wenn „Er" an meine Kasse kommt, sterbe ich!

Vor Sehnsucht!

Wir beide haben den geilsten Sex miteinander. Gedanklich. In meinen Träumen.

Er weiß das nur noch nicht.

Gut, den Typen kann ich aufgrund seiner sexuellen Neigung nur in meinen Träumen verführen, im echten Leben muss ich mal weitergucken, was ich mit ihm mache.

Er ist von der Liste möglicher Sexobjekte meiner Begierde zunächst vorläufig gestrichen. Leider.

In eine bestehende Beziehung würde ich mich niemals dazwischen drängeln. In eine Männerbeziehung schon gar nicht. Tja, wo die Liebe hinfällt...

Foto: © Curt Themessl, Wien

„Ist dein Auserwählter leider ein Schwuler, macht dich das nur cooler." ☺ -Elle Voyage

Kapitel III

„You are the one"

Die Zeilen „Chill of Hope" sind für dich, Herr S.!

Immerhin hast du die wunderschönen Fotos von mir geschossen.

Foto: @Stefan Dernbach

Love is like heaven, but it can hurt like hell…

„Wer lange liebt, der darf auch lange trauern".

Ein Textausschnitt, den ich liebe! Mein Foto dazu auch! Bei den Zeilen denke ich an dich, den „Liebeszeichen" Verfasser.

Foto: @ Stefan Dernbach

Chill of hope

**It was a chill of hope
deep in my soul
tearing down my troubles**

**Passion by your words tonight
reflecting the power of love**

**Beyond the darkness
your light shined
Lighting the way to your heart**

**This burning love
you give to me
Is the power to rise above**

You're the one I'm coming to

Eigentlich trennt doch nur die Seele, so wie nur sie allein verbindet. Du bist mein, wo Du auch mein bist. Freilich ist es anders, wenn meine ganze Seele in Worten und Augen sich gegen Dich ausbreiten darf, aber nur die ungewisse Sehnsucht macht die Entbehrung für mich zum Schmerz.

Brief an Caroline v. Beulwitz

An dem Tag, als meine Fotos entstanden, waren wir beide voller Liebe für einander. Weißt du noch?

Ich lag zwischendurch in Handschellen und Fußketten, aber unter deinen Händen war ich geschmolzenes Eis im gedanklich heißen Wüstensand.

Foto: @ Curt Themessl, Wien

...Im Gewerbegebiet im Ruhrpott... da hat es mir gut gefallen Herr S.

Erinnerst du dich?

Der verbotene Ort, an dem wir unsere Liebe wunderbar ausleben durften!

Im Haus der 1000 „Seile und Fesselspielzeuge"! Das Haus der Ketten, Bänder, Peitschen und der Musik. Sie glich Magie.

Ein heißes Bad danach und wir waren verliebt wie nie...

Einige meiner Lieblingszitate aus der SM Szene:

Was du mitnimmst, musst du erleben.

Das Leben kann man nicht verändern, nur vertiefen.

Allem kann ich widerstehen, nur der Versuchung nicht.

Lebe deine Phantasien und träume nicht davon.

Weil das Normale oftmals nicht mehr so reizt, ist das Ausgefallene ganz normal.

OB ZART ODER HART ICH LIEBE JEDE SPIELART.

Komm vorbei zu mir, dann zeig Ichs Dir!

Was immer du dir vorstellst, hier passiert es!

Bizarre as we are.

Eine Philosophie der besonderen Bedürfnisse
Foto: @ Stefan Dernbach

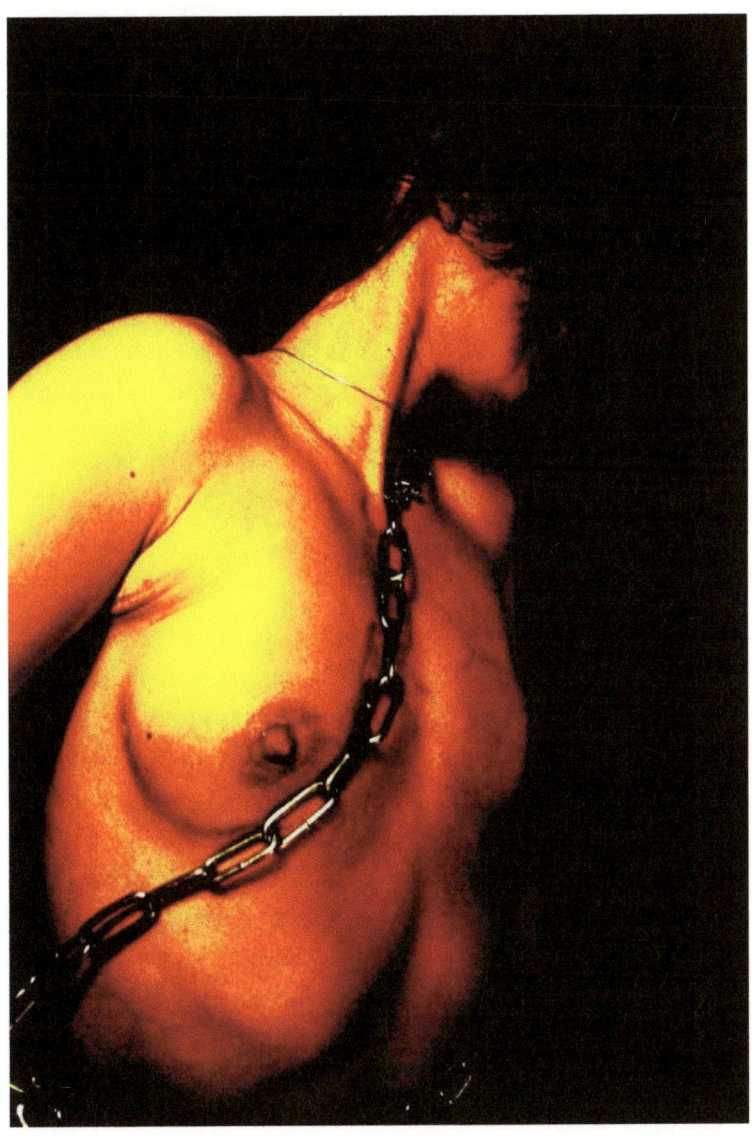

Sehr gerne würde ich noch einmal an **den Ort** zurückkehren, an dem wir beide so viel Spaß miteinander hatten, Herr S.

Gerne gehe ich auf den Strafbock unter deiner Aufsicht, lasse mich von dir an das Andreaskreuz „nageln" und auf die Frauenarztliege katapultieren.

Die bleibt unvergessen.

Da bist du richtig in Action gewesen Herr S. und hinterher ganz außer Atem.

Das gelang mir leider selten, dich völlig aus der Fassung zu bringen, aber die Liege, die schaffte das spielend und gab uns beiden konditionell nebenbei den Rest.

Mit dir lebte ich meine schönsten SM Erlebnisse aus!

Dafür danke ich dir, Herr S.

Für all die wunderbaren Erlebnisse, die du mir geschenkt hast liebe ich dich! Ja, auch dafür, dass du mir im „Ferienhaus" so richtig eine auf meinen Arsch gehauen hast mit der Lederpeitsche. Das Gefühl musste ich einfach mitnehmen. Ich bin der Mensch, der nichts verpassen will im Leben!

DEIN BIZARRES DATE...EXTASE PUR! ERLEBE MICH! LERNE ZU LIEBEN, DASS DU LEIDEST!

Kapitel IV

„Weil ich liebe…"

mein Inneres
strömt sich dir
entgegen
umfließet dich
mit heißem
Sehnen

es fliegt
durch schwüle Luft
zu dir
damit du
Wurzeln schlägst
in mir

und fließest
ganz
in mich hinein
ein warmer Strahl
wie Sonnenschein

in glühend heißem
Funkenflug
vergehen wir
in lang ersehnter
Wonnenglut

habe ich diese Zeilen getextet.

Innerlich habe ich Frieden geschlossen in unserem erbitterten Krieg. Mein sexuelles Zugehörigkeitsgefühl ist größer als das Bedürfnis, weiterhin Rosenkrieg mit Herrn S. zu führen.

Allerdings klappt das nur, wenn Herr S. und ich uns nicht sehen und uns auch nicht begegnen. Am besten kommunizieren wir **nicht** miteinander.

Unsere Beziehung funktionierte im Reden generell viel schlechter, als im zusammen Schlafen. Woran hat das wohl gelegen?

Am schlimmsten waren unsere Chats im Internet über den Facebook-Messenger.

Wir sind Freunde bei Facebook.

Zufällig ist unser Status derzeit „befreundet". Davor waren wir gefühlte 500-mal entfreundet und 200-mal blockiert. Oha, da ging es oft richtig zur Sache mit uns.

Wenn das Buch am Markt ist, sind wir bestimmt wieder blockiert…

Herr S. ist ein „Frankreichliebhaber". Er liebt all das Schöne im Leben und die Leichtigkeit der Dinge, um sich herum, wenn er sie findet.

Dazu gehört für ihn oftmals eine gute Flasche Wein am Abend.

In den Spirituosen lässt sich eine gewisse Leichtigkeit des Seins finden, wenn man tief genug ins Glas schaut.

Wenn Herr S. den süffigen Chianti „liebevoll" genießerisch seine Kehle hinunter gluckern lässt, bekommt er gelegentlich Anflüge einer kleinen Gereiztheit seiner Sinne.

Wutausbrüche nenne ich sie.

Satirisch ist er unheimlich gut drauf und flott unterwegs. Er schreibt liebend gern über Satire in seinen Blogs auf einer bekannten Internetseite. Ironie-Würze verschwendet er wie Maggie in der Suppe.

Satire, so etwas lese ich überhaupt nicht gern. Ich verliere schnell den Durchblick.

Klar lese ich Herrn S. seinen Schreibkram, ich bin ein neugieriger Mensch, aber ich kann es nicht nachvollziehen, was er in seinen Büchern „faselt" und niederschreibt.

Mensch, ich bin auf der Suche nach Liebe und nicht nach „Entschlüsselung von Satire". Satire ist nichts anderes als Verarschung der menschlichen Sinne. Ein Täuschungsmanöver. Eines, das mich persönlich irre macht.

Da kannst du, Herr S. nicht von mir verlangen, dass ich unterscheiden kann, wann du es ernst mit mir meinst oder wann du wieder einen derart witzigen Dialog abgerissen hast, den ich nicht verstehe in seiner Hinterhältigkeit gegenüber meiner Person.

Deshalb rasseln wir beide oftmals bösartig aneinander.

Nein, du verschonst mich nicht mit deinen gemeinen Wortspielen.

Aus Rache und Wut erklärte ich dir bereits etliche Male den Krieg. Unseren Krieg!

Unter Berücksichtigung, dass du keine Rücksicht auf mich nimmst und auch nie genommen hast in deinen lehrreichen „Chianti-Satire-Stunden", entschuldige ich das Verhalten deinerseits einfach nicht mehr.

Wir sind getrennt. Nicht grundlos. Leider.

Ich leide. Ich jammere. Ich liebe dich, aber nein, ich mache mich nicht auf den Weg zu dir. Liebe hin oder her. Ich kann doch nicht immer den Idioten spielen von uns beiden.

Lieber beende ich es auf unbefristete Zeit, als dass ich mich wieder einmal auf den Weg zu dir mache und die weiße Fahne schwenke. Das kannst du auch mal übernehmen!

Warum tust du das eigentlich nicht? Warum ist das immer mein Part? Du hast deinen Stolz? Aha! Du bist nachtragend? Nein, du glaubst, ich laufe dir hinterher? Ach, ich komme doch sowieso wieder angelaufen? Glaubst du das wirklich?

Sei froh, dass wir im Moment keinen näheren Kontakt haben, meine eigenen Worte machen mich bereits wieder wütend auf dich.

Die Liebe ist vorübergehend bei mir ausgezogen. Wieder nehme ich mir dein Buch „Liebeszeichen" zur Hand und suche die Liebe in den Zeilen.

Weil ich sie nicht finde, die Liebe, lässt mich das noch wütender werden.

Ich blockiere dich kurzentschlossen bei Facebook. Entferne dich wieder einmal aus meiner Freundschaftsliste.

Du weißt nicht warum, weil wir doch seit 3 Tagen erst wieder miteinander befreundet sind, aber das mir egal.

Schreibe doch bitte mal ein Buch über Liebe, Herr S.!

Lesen möchte ich darin, wie toll du unseren Urlaub in Holland fandest vor ein paar Monaten. Am Meer. Dass du jede Sekunde darüber nachgedacht hast, wie und wo du mich am besten verführen konntest.

Das würde ich sehr erotisch finden.

Beschreibe deine Lust auf mich.

Heißen Sex mit mir am Strand haben zu wollen. Erregt dich das nicht? Empfindest du nichts für mich?

Die ausrollenden Wellen der Nordsee, sie umspülten sanft unsere Fußsohlen, während wir innige Küsse austauschten und uns fest umarmt hielten. Die Quallen störten etwas, die toten, die von der Flut angespült wurden. ☺

Am Atlantik hätten wir das Problem nicht, dort gäbe es keine Quallen, sagtest du, Herr S.

Wink mit dem Zaunpfahl! Herr S. wollte zum Atlantik!

Quallen hin und Atlantik her. An dem Tag, mit dir, zwischen all den toten „Weichtieren", die meine Fesseln umspülten, in dem salzigen Meerwasser, mit meinem ausgerichteten Blick bis zum Horizont, umschlungen von deinen Armen, wünschte ich mir, die Welt würde sich niemals weiterdrehen.

Mit dir Arm in Arm, am Strand und an den Wellen des Lebens…

meine Wünsche waren vergebens…!

Wir blickten hinaus aufs Meer.

Bis zum Horizont.

Wunderschön war das, vor dir zu stehen und dich hinter mir zu spüren.

Deine Arme fest um mich geschlungen und ganz nah mit mir verwunden, hast du mich festgehalten und mir ins Ohr geflüstert, dass du mich nie wieder loslassen wirst.

Danke!

Ach hättest du doch bloß dein Wort gehalten…

Herr S.,

Schreibe das Buch, los komm schon, du kannst das, über die Liebe schreiben! Du hast sie doch erlebt, mit mir!

Sex mit mir! Im Strandkorb, in den Dünen, im Hotel oder im Fahrstuhl. Das Hostel in dem wir waren, das hatte genügend Stockwerke. Wenn wir uns ein wenig beeilt hätten im Fahrstuhl, hätte das funktionieren können, mit einem spontanen Quickie.

Quickie, allein das Wort brachte dich auf die Palme.

Schnell, immer schnell, das funktioniert bei dir nicht. Du lässt alles wunderbar langsam angehen.

Du genießt die Dinge im Leben.

Du lässt dich nicht hetzen.

Wie oft ging es dir gegen den Strich, wenn ich zum Aufbruch drängte.

Aufbruch in Form von „Beeilen". Weil etwas schnell gehen musste.

Ich bin die, der alles zu langsam geht im Leben und auch immer ging. Aber an dir, an dir konnte ich mich wunderbar ausruhen.

Du warst meine Insel im Ozean. Meine Eiche, die, an die ich mich anlehnen konnte. Die, die nie umfiel, egal wie schwer ich an ihr lehnte.

Mein Fels in der Brandung.

Du gabst mir die Ruhe, die ich bitternötig brauchte und bei dir konnte ich „Runterkommen" in meinem Sein, weil du mich in meiner Geschwindigkeit ausgebremst und aufgefangen hast.

Deshalb liebe ich dich, Herr S.! Gegensätze ziehen sich bekanntlich an. Ich vermisse die Stille und die Sicherheit der Ruhe um mich herum, die du mir gegeben hast.

Nachts kann ich nicht einschlafen. Weil ich mich gehetzt fühle vom Leben. Du fehlst mir! Es tut weh, dass du nicht mehr neben mir liegst, mich nicht mehr im Arm hältst und ich in ihnen nicht mehr einschlafen darf.

Wenn ich einen Wunsch frei hätte, dann möchte ich einmal noch in deinen Armen einschlafen…

Das war für mich die höchste Form der Liebe.

Wenn du nicht zurückkommst irgendwann, zu mir, werde ich bestimmt einen Schlaganfall erleiden in absehbarer Zeit.

Weil mich das Leben zu sehr hetzt und aufreibt.

Während meiner Gedanken, welch wundervoller Mensch du eigentlich bist und wie wichtig für mich in meinem Leben, entferne ich die Freundschaftsblockierung zu dir bei Facebook und sende dir eine Freundschaftsanfrage.

Morgen erzähle ich dir, dass das aus Versehen passiert ist, dass ich unsere Freundschaft beendet habe.

Im Moment bist du gestresst wegen deinem Buchproject, da bekommst du die wirklich wichtigen Dinge im Leben sowieso nicht mehr realisiert.

Deshalb wirst du mir Glauben schenken und meinen Fehler nicht allzu krumm nehmen.

Deine Oberflächlichkeit allerdings, dass du genau so bist, nämlich einfach die Dinge akzeptierst ohne sie zu hinterfragen, regt mich wieder derart auf, dass ich dich am liebsten gleich wieder blockieren möchte.

Facebook zeigt mir an, dass das erneut erst nach 48 Stunden möglich ist.

Die haben wohl eine Macke dort, was? Glauben die allen Ernstes, dass ich es 48 Stunden lang mit dir noch aushalten, bzw. ertragen kann?

Man sollte Gefühle in einer Halskette tragen können. Dann könnte man sie ablegen, wenn es beginnt, weh zu tun…

-Anais C. Miller-

Manchmal geht alles schneller kaputt, als man denkt

-Elle Voyage-

Kapitel V

Amsterdam

Liebe in Amsterdam! Ja, das ist wunderbar.

Ich liebe Amsterdam.

Die Stadt der Liebe, die Stadt der Drogen, der Verrückten, die Stadt der Lichter, Gerüche, die Stadt der Seestraßen, Schiffe, Nutten, Dealer, Zuhälter und der „Never Ending Erotik-Meile".

Die Shops dort, in denen man wunderbar lauter schönes, erotisches Zeugs kaufen kann, das die Phantasie anregt,

I Love It!

Mein Traum wäre ein „Feiner Stoff" für einen Liebesroman gewesen. Gute „Stoffvorlage" für unseren Roman. Die hätte ich dir geben und anschließend den Roman schreiben können, Herr S.

„Stoff" besorgten wir uns tatsächlich. Sogar der Hund bekam Marihuana-Eis. Der Hund war auch der einzige, dem das Zeugs wirklich schmeckte.

Schleck, schleck, war das Eis ruck zuck weg.

Auf den Abend in Amsterdam mit dir Herr S., freute ich mich wie ein kleines Kind.

Gedanklich hatte ich mir den abendlichen Ablauf liebevoll ausgemalt. Zuerst würden wir beide schön gemütlich Hand in Hand durch die Gassen der Altstadt schlendern.

In unseren Nasen kitzelten die Gerüche von Sex, Liebe, Drugs and Rock N`Roll. An dem Geschäft mit den handgefertigten Lederutensilien wollte ich diese Reise nicht einfach achtlos vorbeischlendern.

Heute würden wir dort einkehren und ich würde mir das Ledergeschirr für meinen Körper gönnen.

Auch wenn es stattliche 160 Schleifen kosten sollte.

Deinen dämlichen Spruch, was man mit 160 Euro alles machen konnte, anstatt sich ein „Hundegeschirr" zu kaufen, überhörte ich.

Die Schaufenster, in denen all die blutjungen „Nutten" posierten, sollten uns die nötige Anregung verpassen, Lust aufeinander zu bekommen.

Mir gelang das mit einer Leichtigkeit. In meinem Kopf schwirrten Gedanken der erotischen Phantasie, der Lust und in meiner Sehnsucht, dich in mir spüren und fühlen zu wollen, verlor ich mich vollends.

Mein Kopf war benebelt von Sex und Erotik. Ein Kribbeln durchfuhr meine tiefsten Körperspitzen und elektrisierte meine Nervenenden.

An einem schmierigen Hotel in einer Nebenstraße liefen wir entlang. Für einen Moment hielt ich inne. Das Hotel hatte den Reiz eines Abenteuers.

Ein Typ wie Frankenstein saß an der Rezeption, neben ihm auf dem Tisch stand ein Glas Wein, die Zigarette hielt er lässig in der Hand und mit der anderen blätterte er die Zeitungseite um, in die er sein vernarbtes Gesicht gesteckt hatte.

Als er kurz aufblickte, um nachzusehen, was sich draußen, vor der großen Glasscheibe, hinter der er saß, im Menschengedränge abspielte, ob vielleicht bereits neue Kundschaft im Anmarsch war, konnte ich sein „Narbendurchtränktes" Gesicht erkennen.

Der Typ war ein Zuhälter. Ganz bestimmt war er das. Falls nicht, war er spätestens jetzt einer, seit ich ihn gesehen hatte!

Das Hotel entsprach genau meinem Geschmack. Dort wollte ich einkehren mit dir, Herr S. Einen gestreiften Anzug trug er, der Zuhälter.

Die Scheibe vor dem dunklen „Hotel der Lust" war so riesig, dass ich all das hinter ihr genau erkennen konnte.

Jaja!

Die Wendeltreppe, sie führte garantiert zu den „Stundenzimmern". Meinen lustvollen Vermutungen wollte ich unbedingt nachgehen.

Meine Gedanken kreisten um Handschellen und schwarze Augenmasken.

Sie ließen den Film der Liebe vor meinem inneren Auge abspielen.

Liebe mit SM Spielchen im Frankenstein Hotel der Erotik.

Mit dir dort in diesem Hotel einchecken, Herr S., für 1 oder 2 Stunden.

Egal was es kosten sollte.

Ein aufregender und spannender Gedanke. Bitte, lass uns sofort! Ich will dich, Herr S!

Wahnsinnige Lust verspürte ich, für ein paar Stunden deine Nutte zu spielen. Gefügig wollte ich sein und dir dienen.

Zwischen all den Menschen, die sich spontan in dem Stundenhotel ihrer Lust hingaben, wollte ich deine aufrichtige Liebe spüren und dir meine geben.

Männer gaben sich Prostituierten hin, deren Begierde aus einer spontanen Neigung ihrer Lust und dem Verlangen nach Befriedigung entsprungen war.

Stattdessen wollte ich mich in meiner lustvollen Liebe zu dir verlieren.

Zwischen all den Nutten und Touristen die sich völlig fremd waren, wollte ich mit dir, dem Menschen, den ich liebte, aufrichtige Liebesspiele auskosten und sie ausleben.

Der Gedanke meines Lustempfindens machte mich wild und verrückt. Kaum noch halten und beherrschen konnte ich mich. Meine Hormone kochten über.

Selten verspürte ich den Drang, mich deiner Person sexuell freizügig zu öffnen wie an diesem Tag, in der Nacht in Amsterdam. Vor dem dreckigen und abgewrackten Stundenhotel.

Immer hatte ich das Bedürfnis, mit dir Sex zu haben, Herr S. Egal wann und egal wo.

Meine Brustwarzen stellten sich allein bei den Gedanken an das Wort „Sex" mit dir auf, alles in meinen Weichteilextremitäten wurde hart und in meinem Scheidenbereich merklich feucht.

Stolz war ich auf mich. Tatsächlich, dachte ich, hatte ich augenscheinlich eine Meisterleistung vollbracht!

Ich ließ gedanklich einen Porno in meinem Kopfkino laufen und wurde bei den Gedanken an meinen eigenen Film, feucht!

„Wie gigantisch mochte das werden, wenn du gleich in dem Hostel eincheckst und dich dem Menschen, den du über alles liebst, hemmungslos hingeben wirst?" fragte ich mich.

Erregt war ich. Hach, war das aufregend, verrucht und absurd. Aber welch herrliche, lustvolle Idee!

„Das Hotel der Lust", meiner Lust, wartete auf ein Abenteuer, das ich mit der Liebe meines Lebens erleben durfte und wollte.

Ein erotischer „Fick" im Stundenhotel mit einem Menschen, der mir vertraut und nahe war.

Der Gedanke gab mir etwas „Außergewöhnliches". Einen Reiz der Sinne. Dreckig der Gedanke! Klar wollte ich dreckigen Sex! Hart und dreckig!

Welch anstößiger Film. Dazu so real!

Leider machtest du, Herr S. mir einen heftigen Strich durch meine Rechnung.

„Du", sei mir bitte nicht böse, aber ich bin ziemlich erschöpft für heute!

Ich würde lieber ins Hotel fahren und mich mal aufs Ohr legen!"

Erschöpft? Wovon warst du bitteschön erschöpft?

Den lieben langen Tag lagen wir wie die Ölsardinen am Strand und ließen uns die Sonne auf den Pelz brennen, wie konntest du da müde sein? Wir lagen derart lange und faul in der Sonne, dass ich auf meinen Lippen einen heftigen Sonnenbrand hatte, dass ich aussah wie die Negerkönigin von Afrika, mit einem Schnabel wie Donald Duck.

Warst du müde, weil du an der Hotelrezeption den Beutel Eis für mich holen solltest, damit ich meine „Feuerlippen" kühlen konnte?

In der Nacht, in den Straßen von Amsterdam, wollte ich nicht glauben, dass du mir dort wirklich einen Korb gegeben hast.

Da musste doch augenblicklich „was gehen" zwischen uns!

Ich wollte Sex mit dir!

Auf der Stelle!

Energisch bettelte ich um den Sex mit dir.

Ich bettelte um deine Liebe und winselte nach Aufmerksamkeit.

Bitte lieber Herr S. vögel mich, nimm mich!

Nimm mich endlich an die Hand und entführe mich in das dreckige Stundenhotel. Los, komm schon! Stell dich nicht so an!

Komm über mich wie ein Hurrikane, wild und tobend, nimm mir meinen Atem, entführe ich mich in das Land der 1000 Orgasmen. Nimm mich!

Fessel mich, knebel mich, als deine Sklavin der Lust. Besorge es mir so gut du kannst und so hart du es magst.

Wenn wir uns erschöpft in den Armen liegen, sag mir bitte, dass du mich liebst. Sag mir, dass du mich begehrst.

Aus und vorbei. Herr S. war müde und lustlos.

Da regte sich nichts bei ihm.

Weder in seiner Hose noch in seinem Kopfkino.

Es war montags, da hatte das Kino in ihm vielleicht geschlossen.

Ein Streit zwischen uns war vorprogrammiert, als wir ins Hotel zurück fuhren.

Während ich schmollte, enttäuscht und traurig war über die Abfuhr, die ich bekommen hatte, rollte sich Herr S. wohlig schnarchend in das Hotelbett und verschwand ins Land der Träume, das für mich unerreichbar war.

Währenddessen heulte ich mich in den Schlaf.

Liebte mich der Kerl überhaupt?

Hätte sich nicht jeder andere Mann gewünscht, solch ein Vergnügen mit seiner Freundin ausleben zu können?

Am nächsten Morgen fühlte ich Herrn S. seine starken Arme nach meinem Körper greifen.

„Guten Morgen Engel!" Seine Küsse streichelten sanft meinen Nacken. Seine rauen, unrasierten Wangen kitzelten mich.

Nein! Nimm sie weg deine Arme. Schenke und spare dir dein Liebesgesäusel, Herr S. Bei mir regt sich nichts mehr.

Frustriert bin ich von deinem Verhalten der letzte Nacht.

Was glaubst du eigentlich, wer du bist und wer ich bin?

Da fahren wir einmal im Jahr zusammen nach Amsterdam und du kannst die Nummer mit mir nicht bringen?

Glaubst aber, dass am nächsten Morgen alles in bester Ordnung ist? Weil du mich Engel nennst?

Nur ein völliger Idiot benahm sich derart bescheuert.

„Was ist denn los?" fragst du erstaunt, als ich deine Annäherungsversuche nicht erwidere und dich von mir schiebe.

„Was los ist?" Das ist nicht dein Ernst oder? Gedanklich entführe ich dich in den Ring der Boxkämpfer und haue dir mitten in die Fresse, ohne Rücksicht auf Verluste.

Den Rest meines Lebens werde ich schmollen und du, ach du, such dir doch eine andere Frau, mit der du das machen kannst, so rumspringen. Du Arschloch!

Such dir eine, die nach deiner Pfeife tanzt und nur „Lust" hat, wenn du willst.

„Irgendwann „schickt et" aber auch mal!" bekam ich von dir gesteckt, nur weil ich mich dir entzog an dem Morgen. Das Wort „schickt" das hasse ich! Du weißt das genau und deshalb nimmst du es bewusst in den Mund.

Den Atomkrieg erklärte ich dir innerlich.

Warum tut Liebe weh? Darum!

Zähneknirschend verschwand ich an dem Morgen für ein paar Stunden in der Umgebung des Hotels. Wo ich hinging, wusste ich nicht und ich sagte dir auch nichts. Einen klaren Kopf wollte ich bekommen und deshalb erkundete ich die Gegend.

Gedanklich hoffte ich, dass du umkamst vor Sorge um mich, wenn ich einfach vom Erdboden verschluckt war.

Amsterdam ist ein heißes Pflaster, das weißt du zu gut und wenn ich nicht wieder auftauchte, dann hattest du die Quittung, weil du in Sorgen um mich warst.

Nach zwei Stunden bekam ich ein schlechtes Gewissen und dachte, nee, das kann ich dem armen Mann nicht antun, der ist sicherlich schon krank vor Angst und Sorge, dass mir etwas passiert war.

Vielleicht hatte Herr S. mittlerweile die Polizei informiert und eine Vermisstenanzeige aufgegeben, weil ich spurlos verschwunden war.

Mit Eile lief ich zurück ins Hotel.

Dort angekommen, hattest du, Herr S., dich bereits wieder seelenruhig aufs Ohr gelegt und friedlich geschlafen wie ein (B)-Engel.

Dein schlafender Zustand frustrierte mich ungemein. Einen Eimer kaltes Wasser hätte ich dir über den Kopf kippen sollen…

Du hast dir also um mich überhaupt keine Sorgen gemacht.

Es war dir völlig egal, ob mich ein Zuhälter aufgegriffen und entführt hatte, ich von der S-Bahn überrollt worden war oder abgesoffen im Fluss neben dem Hostel lag, in dem wir campierten.

Was blieb mir anderes übrig, als sie hinzunehmen, deine blöde Art.

Nein, ich würde dich jetzt nicht wach; und dir eine riesige Szene machen, Herr S.

Nein, das war sowieso zwecklos. Gegen dich hatte ich verbal sowohl kommunikativ keine Chance.

Erschöpft ließ ich mich ebenfalls ins Bett plumpsen und schlief ein.

Ich habe geträumt von Dir, Herr S.

Dass wir an einem schönen Strand im weißen Sand liegen... nackt... Im Hintergrund schöne Palmen und Meeresrauschen.

Du hast deinen Kopf zwischen meinen Schenkeln und ich streichel dir durch deine Haare. Du leckst meinen Kitzler mit deiner Zunge.

Erst ganz sanft und dann etwas schneller und heftiger. Ziehst Kreise mit deiner Zunge... Steckst sie in meine Muschi. Ich stöhne vor Lust und beuge mich dir entgegen. Ich halte es kaum aus. Ich streichele und knete meine Brüste.

Dann übernimmst du sie, weil du nicht magst, dass ich das selber mache. Zwirbelst sanft meine Brustwarzen zwischen deinen Fingern, ziehst an ihnen.

Oh Herr S., ich komme, oh ist das geil. Jetzt kommst du zu mir hoch, küsst mich, wir küssen uns, sanft, fordernd, heiß. Und dann...endlich... kommst du zu mir. Ich habe mich nach dir, nach deinem Schwanz gesehnt.

Du dringst in mich ein, bewegst dich rhythmisch zu meinen Bewegungen, küsst meine Brüste. Es ist so heiß. Du bist so heiß. Ich halte das kaum noch aus. Du fühlst dich gut an. ER fühlt sich gut an, hart, heiß, pulsierend. Deine Eier sind prall und klatschen bei jedem Stoß vor meine Muschi. Du machst mich geil, Herr S.

Ich komme schon wieder, biege Dir meine Brüste entgegen. Du saugst und lutscht an meinen Nippeln und spürst, wie mein Körper unter dir zuckt. Du gleitest aus mir heraus und spritzt endlich ab. Auf meine Brüste. Ich gucke dir dabei tief in die Augen und immer wieder zu deinem Schwanz, wie er zuckend den weißen Saft über meine Brust verteilt.

Das ist so geil. Erschöpft sinkst du neben mich in den warmen Sand und legst deinen Kopf auf meine Brust. Ich halte dich ganz fest und streichele dir über deine Haare. Und dann warte ich auf dich und bin bereit für deine Wünsche...

„Hey", schon zurück von deinem Erkundungsausflug?"

Kerzengerade schreckte ich im Bett hoch.

Du Herr S., warst wach geworden und hast mich fragend angesehen.

Der Sex mit dir war ein Traum...

Es war nur ein Traum gewesen, mit dir im Sand...!

„Ich hasse dich!" sagte ich dir an dem Morgen. Ohne weitere Erklärungen.

Danach hatten wir einen heftigen Streit.

Der endete so, dass ich geweint habe und du mal wieder überhaupt nichts verstanden hast.

„Frauen! Immer dasselbe! Nichts kann man denen recht machen, immer schmollen sie, sind beleidigt, fühlen sich angegriffen!"

Und lauter solches Zeugs hast du geflucht, Herr S.!

Kaffeetrinken wolltest du, alleine! Weil das mit mir ja nicht auszuhalten war, hast du gebrummelt auf dem Weg zum Fahrstuhl, als die Zimmertür hinter dir ins Schloss fiel.

Dann schmoll doch, du elendiger Brummbär! Pah! Ich erhob meinen Mittelfinger gegen dich!

An dem Tag war für mich die Beziehung zwischen uns beiden mal wieder gelaufen. Oftmals beendete ich gedanklich unsere Beziehung. Das hielt natürlich nicht lange an. Eine Berührung von dir an meinem Körper und ich war wieder gefügig und hatte dir alles verziehen! Du sollst nicht an meinen Brüsten rumfummeln, wenn wir vorher Streit hatten, Herr S.! Das macht mich rasend vor Lust und auch vor Wut! Hüte dich vor meinen Gefühlen, die brechen schneller aus als ein Vulkan!

Sie spucken keine „Lava", sie speien pures Gift! Wir nähern uns dem Ausnahmezustand!

Foto: Anaïs C. Miller, Grömitz 2016

Der Rettungsring, unter dem wir saßen, konnte unsere Liebe auch nicht mehr retten…

(neben dem Rettungsring war ein Schild angebracht, auf dem stand, von der Brüstung ins offene Meer springen - Strengstens verboten! Gut, ganz so schlimm war es an dem Tag noch nicht mit uns, dass einer gesprungen wäre ☺)

Kapitel VI

„Ein Tag am Meer"

Foto: @Anais C. Miller, Hund „Emma"

Der Strand von Zandvoort war immer eine Reise wert. Oftmals im Jahr fuhren wir gemeinsam dorthin und besuchten dieses Surfer-Restaurant. „The Spot".

Dort frühstückten wir, wenn wir morgens gegen 9 Uhr auf der Strandpromenade eintrafen.

Die Aussicht auf das freiliegende Meer, das Rauschen der Wellen, einfach herrlich. Nirgendwo spürst du „Liebe" intensiver als am Strand & am Meer!

Wenn man Glück hat, ist das Meer in Zandvoort sehr rau und es erinnert an die Küste Kaliforniens.

Nach dem Frühstück rollten wir uns auf unseren Strandmatten im Sand aus.

Natürlich hätte ich mit Herrn S. gern Sex gehabt dort am Strand. Leider ist das nicht erlaubt. Am FKK Strand wollte ich es nicht. Die schwabbeligen nackten Männer und Frauen wollte ich mir nicht geben. Deren Anblick macht meine Lust kaputt!

Hättest du das bringen können, Herr S., wenn es erlaubt gewesen wäre, Sex mit mir am Strand?

Herr S. war ein großer „Macher" im Sprüche klopfen. Wie alle Männer.

Wenn er aber „Butter bei die Fische" machen sollte, war es vorbei mit Lustig. Spurlos verschwinden konnte er.

Eine Karte hatte ich Herrn S. geschrieben, kurz bevor wir ans Meer fuhren. Eine Karte mit Muscheln, Strand und Meer auf dem Cover. Um Herrn S. ein wenig Freude zu bereiten, legte ich 50 Euro Taschengeld für ihn hinein.

Mit dem Hinweis: "Gönne dir doch mal etwas „Nettes" oder uns beiden gemeinsam. Kleine Geschenke erhalten die Freundschaft!

Auf die Karte jedenfalls hatte ich meine Wünsche gekritzelt. Sehr wünschte ich mir, mit Herrn S. zusammen am Strand zu stehen, Arm in Arm und gemeinsam in den Sonnenuntergang zu blicken.

Der Wettergott hatte mich erhört. Die Sonne gab ihr Bestes an dem Tag.

Sonnenuntergänge zusammen mit der großen Liebe! Was gibt es Schöneres?

Ich träume manchmal von einer Zauberwelt
Wo keine irdischen Güter zählen, kein Geld.
Wo ich mich sanft auf weichen Wolken schiebe
Durch den siebten Himmel wunderschöner Liebe.

Dich dabei fest in meine Arme zu schließen
Dein pochend' Herz spüren, die Wärme zu genießen.
Mit Dir die innigsten Küsse zu tauschen
Daran möchte ich mich ewig berauschen.

Diese Zauberwelt, wo nur die Liebe zählt
Die von meinen schönsten Träumen auserwählt.
Sie schickt mich für kurze Zeit ins höchste Glück
Danach leider in die wahre Welt zurück.

Ich weiß, nur in Zauberwelten zu leben
Das wird es eben leider niemals geben.
Aber die Zeit, in der diese Träume fließen
Die möcht' ich trotzdem weiter mit Dir genießen!

„Heinrich-Alexander Romeo"

Der Tag im Sonnenuntergang in Zandvoort

Foto: @ Anais C. Miller, Zandvoort 2016

Ein Tag voller Liebe…

An dem Tag war ich glücklich wie nie. Am Strand, mit dir. Meine Hand in deiner, deine Nähe spüren, dich mit all meinen Sinnen berühren.

Hoffentlich würdest du mich später im Hotel noch einmal verführen.

Vergessen war der Streit von Amsterdam. Wir können das nachholen lieber Herr S. Die Nummer mit dem Hotel in der „Nuttenstraße".

Das Hotel in den Straßen von Amsterdam, in dem ich mit dir eine heiße Nummer schieben wollte. Das finde ich jederzeit problemlos wieder! Glaube mir!

Wir fahren noch einmal nach Amsterdam. Vorher wirst du vielleicht 3 Tage lang schlafen, Herr S., damit du abends für die Nummer im dreckigen Stundenhotel fit bist!

Die Liebe zu dir! Meine Liebe. Sie ist…

Rein, ehrlich, und erotisch ist sie!

Zudem tiefst verwundbar.

Ein Schwert gab ich dir in deine Hand. Mit dem konntest du mich messerscharf verletzen! Nach Lust und Laune.

Manchmal sehnte ich mich nach deiner Verletzung. Nur, damit du mich später wieder „retten" kamst. Um meine Wunden zu lecken und sie zwischen deinen Lippen heilen zu lassen.

Meine Wunden „heilten" am Wundervollsten unter deinen Händen. Die weichen Berührungen deiner Finger, sanft glitten sie entlang meines Körpers. Berührten meine Knospen und meine intimsten Stellen, die ich dir gern frei zugänglich machte.

Dein Mund suchte meine nackte Haut um sie zärtlich zu küssen und zu liebkosen.

Meine innerlichen Gefühle steigerten sich zwischen Wut und Liebe zu dir.

Wut, weil du mir derart wehtun konntest, dass es mir schmerzhaft bis in jede Körperspitze des „Verletzt seins" hineinfuhr.

Liebe, weil sich mein Körper nach dir sehnte mit all meinem Verlangen, das in den Emotionen meiner Sinnlichkeit steckte, deine Liebe empfangen zu dürfen.

Komm, nimm mir die Schmerzen. Nur du kannst sie mir nehmen, Herr S.

Dein Schwert richtete meine Liebe zu dir messerscharf.

Gnadenlos ließ es meine Seele und mein Herz zu einem der traurigsten Orte meines Körpers erstarren.

Und dann kommst du und leckst hingebungsvoll meine Wunden.

Wie herrlich ist das?

Das ist Liebe…!

Der Gedanke alleine. Wie du mich verletzt.

Scharf schneidest du das Messer bis in den Grund meines Herzens und rüttelst es brutal hin und her.

Danach kommst du und tröstest mich.

Nimmst mich in den Arm. Leckst meine Brüste, streichelst und knetest sie. Erst langsam und vorsichtig.

Wenn ich meine Lust nach dir ausstrecke, sie dir entgegen recke, wirst du härter in deinen Berührungen. Du weißt genau, bis zu welchem Punkt meiner Schmerzgrenze du gehen kannst.

Du beißt in meine Knospen. Ziehst mit den Zähnen an ihnen. Raunst mir ins Ohr, wie sehr du mich liebst und mich begehrst. Die Zeit um uns herum steht still.

Ich weiß genau, dass ich unendlich viel Zeit habe, dieses Spiel auszukosten, bis ich unter deinen Berührungen zum Orgasmus komme.

Der Gedanke, dass du mich rund um die Uhr verwöhnen und auch „ficken" könntest, macht mich umso geiler.

Du lässt meine Wunden heilen. Du und sonst niemand.

Du bist auch der einzige Mensch, der mich so sehr verletzt.

Du kannst mich messerscharf verletzen, mich grausam zurichten, mein Herz bluten lassen und mich behandeln wie „Dreck", wie „ein Miststück", ein „Nichts", ein „Niemand".

Du kannst mich in die Hölle meiner tiefsten Traurigkeit schicken.

Bitte, tu es!

Mach es immer wieder mit mir! Lass mich in die Hölle reisen und mich Qualen durchleiden!

Schlimmste und gemeinste Qualen.

Lass mich weinen vor Bitterkeit, vor Schmerz, Enttäuschung, Wut und Fassungslosigkeit deiner Härten, die du meiner zarten Liebe antust!

Behandel mich schlecht!

Bitte! Tu es!

Ich brauche das!

Süchtig bin ich nach deiner „Misshandlung meiner Seele"!

Am Ende bin ich.

Verzweifelt, fassungslos und zutiefst erschrocken über deine Härte und Grausamkeit, mit der du meine Liebe missachtest und sie demütigst.

Wenn er vorbei ist, der Schmerztaumel.

Du schlägst mich wie einen armen räudigen Hund und ich winsel um deine Gnade.

Nicht, dass du die Hand gegen mich erhebst oder den Stock nimmst, gar die Peitsche, nein du hast die Macht über mich, du nimmst sie dir und übst sie gnadenlos aus.

Du weißt genau, wie du mir wehtun kannst.

Du willst mir nicht wehtun. Nein! Niemals! Das weiß ich.

Du liebst mich doch auch. Klar tust du das. Nur eben anders, als ich dich!

Liebe tut nicht weh, sagst du und rammst mir das Schwert mitten ins Herz.

Mit voller Wucht, mit all deiner Kraft. Dabei küsst du zärtlich meine Brüste und streichelst verlangend meinen Kitzler.

Die Schmerzen sind überall in mir und dann kommt er endlich über mich, der Orgasmus.

„As the Rush comes"

Es ist ein Rausch, eine Droge, ein „Suff".

Ich muss ihn erleben.

Immer wieder!

Bitte nimm es mir nicht, dieses Spiel, dem ich keinen Namen geben kann.

Das dreckige Spiel der Liebe. Komm, verletze mich und dann fick mich endlich, du Bastard!

Stöhnend breche ich zusammen. Selbstmitleid, Bitterkeit und Verachtung meiner eigenen Seele spüre ich.

Und diesen Schmerz in mir. Er ist so grausam.

Es tut so weh. Schreien möchte ich. Sterben! Bitte, hilf mir! Lass es aufhören, nimm mir meine Qualen! Komm, bitte rette mich!

Deine Hände ergreifen meine. Aus dem Schlamm ziehst du mich, in den du mich zuvor hineingestoßen hast.

Nimmst mich in deine Arme, streichelst über mein Gesicht, blickst mich an, voller Zärtlichkeit, voller Hingabe und Liebe für meine geschundene Seele.

Dein Mund küsst meinen. Sinnlich, erotisch und flehend, bittest du mich, mich deiner Liebe auszuliefern.

Ergeben bin ich dir.

Du hast die Macht meiner Liebe.

Deine Küsse erwidere ich und sie schmecken nach Erlösung.

Hingebungsvoll überlasse ich dir meine Zunge. Deine Hände greifen an meine Brust, kneten sie, erst sanft, dann fest, es schmerzt. Der Schmerz ist nichts gegen die Schmerzen in meinem Herzen. Tapfer halte ich entgegen, ich gebe dir alles von mir, alles was du willst, komm! Nimm es dir und nimm mich!

Natürlich nimmst du mich.

Nichts tust du lieber als das. Du magst es, ein wehrloses „Etwas" unter dir zu spüren, mit dem du machen kannst, was du willst, weil du weißt, wie sehr ich dich liebe.

Die Unterlegenheit meiner Person nutzt du nicht aus, niemals.

Damit tätest du dir selbst weh.

Stattdessen gibst du mir all deine Liebe, all dein Gefühl, deine Sehnsucht, deine Stärke, aber auch deine Zärtlichkeit, mit einer Hingabe, die mir den Verstand schwinden lässt.

Wo holst du sie her?

Die Liebe?

Ich habe dich einst gefragt, Herr S. wo du all die Liebe in dir herholst?

Mein verletztes, ramponiertes Herz bekommt an dem Tag so viel Liebe, dass es überschäumt.

Du hast mir die Dosis Liebe verpasst, die mich am Leben hält. All die Schmerzen sind vergessen.

Eine Frau, die ein Kind auf die Welt bringt, erträgt in der Geburt die größten Schmerzen, die ein Mensch ertragen kann.

Gleichzeitig erfährt sie den größten Augenblick der Liebe.

So ergeht es mir in meiner Liebe zu dir Herr S. und ich möchte den Moment, in dem du mich mit Liebe infizierst, mich in ihm ertränkst, niemals missen.

Schenke ihn mir. Immer wieder!

Bis an den Rest meines Lebens will ich diese Liebe von dir.

"Bitte sieh; du warst mein Alles.

Mein Ritalin."

Liebe ist, wenn ein kleines Kind hinfällt, sich die Knie aufschlägt und die Mutter es tröstend in den Arm nimmt...

-Anaïs C. Miller-

Hast du eine große Freude an etwas gehabt, so nimm Abschied! Nie kommt es zum zweiten Male -Friedrich Wilhelm Nietzsche

Kapitel VI

So ging die Liebe kaputt

Mehrere Methoden gibt es, um eine Liebe zu „zerstören". Wie konnte es passieren, dass meine Liebe kaputt ging?

"In Mitten von 'Alles wird gut' und 'Ich habe den Mut', steht ein 'Bitte komm zurück' in der Farbe von Blut. Trotz dem Gefühl das ein Ende sich nähert, schlägt es tapfer, dein emsiges Herz.''

Die Liebe war mir das Wichtigste in meinem Leben. Ich war glücklich und zufrieden. Nicht einmal die rosarote Brille trug ich.

Ich schwirrte durch das Kapitel der „Liebe" gelassen, locker und chillig. Nicht schmerzfrei, aber die Schmerzen gehören zum Leben und der Liebe dazu. Durch sie erfahre ich, dass ich lebe und liebe. Die Schmerzen möchte ich nicht missen, niemals! Ich liebe es, wenn du meine Wunden leckst, Herr S.!

Die Liebe war da, sie war an meiner Seite. Herr S., du warst meine große Liebe! Vielleicht weinst du jetzt eine Runde, wenn du mein Buch in der Hand hältst. Mein Buch, das ich über die Liebe schrieb.

Du weinst, weil du dich an all die schönen Tage mit mir erinnerst. Ja! Unsere Tage waren voller Liebe, Herr S. und ich erinnere mich an unseren Lieblingsspruch…

Den mit der Freiheit. Weißt du, welchen ich meine? Den mit dem Leuchtturm. Genau und den Schwalben…

Foto: @ Anais C. Miller, Grömitz 2016

ICH TÄTOWIER' MIR DEINEN NAMEN ÜBERS HERZ,
MIT ANKERN, DAMIT JEDER WEIß WO MEINS' HINGEHÖRT
'NEN LEUCHTTURM DANEBEN,
EGAL WIE NEBLIG ES IST, ER LEITET MICH!
SCHWALBEN AN DEN HALS,
DASS JEDER SIEHT WIE FREI WIR SIND!

"Gemeinsam vorm Ende der Welt. Willkommen zu Haus'."

"Verrückt dass Fallen wie Fliegen ist für 'nen kleinen Moment."

"Würde mich lieber mit dir streiten als wen anders zu lieben."

"Nur noch ehrliches Lügen unter gelogenem Lachen."

"Wir sind ein Insider-Witz den von uns beiden scheinbar keiner versteht."

"Einmal Mordor, dann zurück, jeder Frieden bloß ein Krieg weit entfernt."

"Du sangst die ganze Zeit von ihr, ich sang die ganze Zeit nur von dir."

"Anti alles für immer, dank dir!"

"Man sagt, am Ende wird alles gut, und wenn es nicht gut ist, kann es auch nicht das Ende sein."

"Trotz all den Wolken und Regen, vielleicht doch der Sommer des Lebens."

"Wollt' immer für dich ein viel besseres Ich sein, doch all' diese Dämonen fühlen sich zu Haus."

"Vorbei das Warten umsonst auf den Tag, der nie kommt. Bin im Wagen davon, los und starte von vorn."

„Liebe bedeutet immer auch Freiheit!

-Elle Voyage"

So ging sie kaputt, die Liebe…

Meine Liebe. Das kann ich erzählen, wie sie kaputt ging. Fällt mir nicht schwer.

Ein Krankenhausaufenthalt. Ein EKG Implantat pflanzte man mir in die Nähe meines Herzens.

Schlecht fühlte ich mich. Streit hatte ich mit Herrn S. Wie so oft. Warum und „Worum" vor allem es dieses Mal ging, das weiß ich nicht mehr.

Sicherlich völlig belangloses Zeugs aus Langeweile heraus, mit dem Bedürfnis, unsere Liebe mal wieder ein wenig „aufzupeppen". Nur brav war doch viel zu langweilig. Action musste rein in unsere wundervolle Liebe. Und Schmerzen in die Herzen!

An dem Tag, als ich mich der OP unterzog, hatte Herr S. eine Lesung über sein Buch in dem Ort, in dem er wohnte. Von mir knapp 100 km entfernt. Eine Lesung über eines seiner Bücher. Geplanten Büchern (er brachte nur selten etwas zu Ende).

Diesem Tag fieberte er entgegen wie ein kleines, aufgeregtes Kind.

Nervös, ob denn auch alles gelingen mochte, wie er sich das vorgestellt hatte.

Gern wollte ich bei seiner Lesung dabei sein.

Einmal, weil ich ihm Unterstützung geben und für ihn da sein wollte. Ihm das Gefühl geben, hey, du bist nicht alleine, du schaffst das und ich bin stolz auf dich! Das war mir verdammt wichtig.

Ich liebte Herrn S. Ich hätte alles für ihn getan.

Ich Idiot!

Außer, ich wäre tot gewesen. Dann wäre bei mir nichts mehr gegangen.

Solange ich lebte, war alles möglich! Alles, an Liebe zu geben, sie zu leben und sie zu empfangen!

Halbtot ließ sich die Liebe für mich noch gut leben. Mit jedem Atemzug war ich in der Lage, die Liebe in Bewegung zu halten.

Nach meiner OP durfte ich heim. Das war doch genial…

Gut, ich lag immerhin schon seit über einer Woche im Krankenhaus. Ob Herr S. mich besucht hatte? Nein! Dafür gab er kein Geld aus. Ihm reichte es, wenn er sich zu meiner Beerdigung einen Kredit hätte aufnehmen müssen, um zu mir anreisen zu können und um einen kleinen Blumenstrauß zu kaufen. Vorher (vor meiner Beerdigung) war „Sparen" angesagt. Herr S war immer chronisch pleite. Ein großes Problem in unserer Liebe. Sein Geldmangel. Herr S. machte sich nicht auf den Weg zu mir, selbst im Notfall nicht. Leider ☹

Auf den Kopf gestellt hatte man mich. Gefunden hatten die Ärzte nicht wirklich etwas, leider. Oder gottseidank!?

Meine Herzklappe war undicht.

Nichts Weltbewegendes. Könnte ich noch ein paar Jahre prima mit leben. Wie lange genau, konnte mir der Arzt, der schwarz wie die Nacht war und sicherlich aus dem tiefsten Urwald kam, nicht sagen. Sagen konnte er mir aber, dass ich heim durfte. An dem Tag, an dem Herr S. seine Lesung hatte. Prima!

Das war doch fein!

Wenn ich mich beeilt hätte und vor allem, wenn sich die Ärzte mit der Einpflanzung des EKG Chips beeilten, war eine reelle Chance gegeben, die Lesung von Herrn S. rechtzeitig zu besuchen.

Natürlich machte ich den Ärzten Druck.

Die Lesung war gegen 16 Uhr.

Um 11 Uhr sollte die OP sein.

Das konnte ich locker schaffen.

Dass ich halbtot und kreislaufmäßig schwach war, durch das Narkosemittel und somit gar nicht Auto fahren durfte, daran dachte ich überhaupt nicht.

Wenn man liebt, dann vergisst man viele Dinge, blendet sie aus.

Die Liebe ist überdies ein sehr starkes Gefühl.

Die Liebe vermag es, einen Menschen aufrecht zu tragen. Ihn über sich „Hinauswachsen" zu lassen. Das gelang mir an dem Tag, an dem Herr S. seine Lesung hatte.

Wie besessen war ich, pünktlich zu der Lesung zu erscheinen. Im OP des Krankenhauses starb ich vorher noch den Heldentod, aber ich überlebte es.

Ein guter Freund hatte mich vom Krankenhaus nach Hause gefahren.

Schonen müsste ich mich, sagten die Ärzte. Deshalb fragte mich mein Bekannter liebevoll, ob er mir noch etwas besorgen müsse, etwas zu Essen, zu Trinken vielleicht oder er irgendwelche Botengänge für mich erledigen sollte, weil ich nicht in der Lage war, Autozufahren. Ihm konnte ich schlecht sagen, dass er mich mal eben in das 100 km entfernte Städtchen fahren sollte, weil ich dort eine Lesung besuchen musste. Vom OP Tisch direkt zu einer Literaturveranstaltung!

Dankend lehnte ich ab und hoffte, dass er sich schnellstmöglich auf den Weg nach Hause machen würde, damit ich endlich losfahren konnte.

Der sollte doch nicht sehen, wie ich mich gleich ins Auto setzte und zu meinem Freund Herrn S. fuhr, um pünktlich an seiner Lesung teilzunehmen.

Der würde Augen machen, der Herr S., dachte ich voller Freude, in Gedanken, ihn zu treffen.

Rechtzeitig zu dieser wichtigen Lesung zu erscheinen, das war an dem Tag das Größte für mich.

Die Autofahrt war etwas abenteuerlich.

Das gebe ich zu. Der Graben am Straßenrand kam manchmal verdammt „nahe"!

Zwischendurch dachte ich einige Male, puh, ob das gut geht.

Schummerig war mir vor Augen. Aber, tapfer hielt ich durch.

Stolz war ich, dass ich es tatsächlich schaffte, das Gemeindehaus rechtzeitig zu erreichen.

Um Punkt 15.45 Uhr parkte ich mein Auto am Parkplatz.

Aufgeregt lief ich zu dem Saal, in dem die Lesung stattfinden sollte.

Herr S. hatte mich nicht sofort bemerkt. Mit mir hatte er natürlich auch nicht gerechnet. Sein Blick, als er mich sah!

Den vergesse ich meinen Lebtag nicht mehr.

Völlig erstaunt war er.

Klar, das hatte ich nicht anders erwartet.

Aber dann, verzog sich seine Mimik und Gestik zu einem erbosten, fast drohenden und fürchterlich dreinschauendem Gesichtsausdruck.

Zutiefst erschrak ich.

Was war das jetzt? Der freute sich ja überhaupt nicht, mich zu sehen und dass ich zu seiner Lesung erschienen war, interessierte ihn auch nicht.

Sich freuen, das tat er in der Tat nicht. Natürlich gab er mir aus reinem Pflichtgefühl einen Kuss.

Aber die erhofften Worte, dass er mir sagte, wie schön, dass ich da sei oder so etwas in der Art.

Fehlanzeige.

Kalt und lieblos war er.

Die Lesung war ein Reinfall.

Für mich und alle Anwesenden. Sorry Herr S., wenn ich das so ehrlich sage. Reinfall deshalb, weil kaum jemand teilgenommen hatte.

Die paar Leute, die an dem Tag in dem Sitzungssaal mit über 100 Plätzen saßen, waren weniger als eine Handvoll.

Erfolg auf der ganzen Linie sah anders aus.

Schade eigentlich, denn das Thema war doch gut gewählt. Es ging um Flüchtlinge und ihre Auswirkungen.

Die Lesung fand ich an sich gar nicht uninteressant oder langweilig.

Nein, unterhaltsam war das schon.

Aber ein Flopp auf der ganzen Linie.

An Besuchern mangelte deine Lesung. Somit hatte auch dein anstehendes Buchprojekt keine Chance.

Frustriert und niedergeschlagen warst du. Kann ich verstehen. Den Gedanken an Sex mit dir, begrub ich an dem Tag sofort. Dazu wärst du nicht in der Lage gewesen nach dem Reinfall deiner Veranstaltung. Die von mir geplante „Party" im Bett mit dir, war somit auch geplatzt.

Aber hey, ich war doch da! Ich war dein Fan!

Ich liebte dich, Herr S.!

Für mich war alles, was du getan hast in deinem Leben mit all deinem Drumherum, das Größte! Meine Bewunderung hattest du sicher!

Im Nachgang der Lesung hattest du kein Auge für mich. Kein, mich in den Arm nehmen, kein Wort zu mir, kein Reden mit mir, kein Blickkontakt zwischen uns, nichts!

Teilnahmslos hast du deine Dinge eingepackt, deinen Krempel genommen und mich keines Blickes gewürdigt.

Das tat weh. Sehr.

Natürlich fuhr ich mit zu dir nach Hause. Nach der Lesung war es bereits spät geworden und mich noch auf den Heimweg zu machen, hielt ich für nicht notwendig.

Bei dir konnte ich doch übernachten, wir waren uns nicht fremd und ich hatte oft schon bei dir übernachtet.

Jedoch wurde mir an dem Tag bewusst, ich spürte es, dass ich nicht willkommen war bei dir. Völlig fertig warst du von deiner Lesung, die hatte dir den letzten Nerv geraubt. Wahrscheinlich, weil du einen Niederschlag auf der ganzen Linie einstecken musstest.

Deine Reaktionen mir gegenüber waren kalt und lieblos. Wie tot fühlte ich mich an deiner Seite.

Du nahmst mich gar nicht wahr.

„Soll ich nach Hause fahren?" fragte ich traurig.

Dass zwischen uns an dem Tag eine deutliche Distanz herrschte, die ich überhaupt nicht nachvollziehen konnte und du mich bewusst auf Abstand halten wolltest, war mir nicht entgangen.

Innerlich überlegte ich, ob ich es bis nach Hause schaffen konnte, unfallfrei.

Bis zu einer Pension bei dir in der Nähe hätte ich es vielleicht noch geschafft, ich war mittlerweile doch erschöpft und am Limit meiner Kräfte.

Da du genau wusstest, dass ich zuvor frisch aus dem Krankenhaus entlassen worden war, fragte ich dich voller Ironie, ob ich in ein Hotel gehen sollte, wenn er dir gerade ungelegen kam, mein Besuch.

„Ach nee", aber…!" hast du rumgedruckst. Du konntest dich gar nicht richtig artikulieren mir gegenüber. Ich merkte genau, dass es dir lieber gewesen wäre, wenn ich mich vom Acker gemacht hätte. Sehr liebevoll von dir, Herr S.!

Aus reiner Rücksichtnahme meiner gesundheitlichen Abgeschlagenheit hast du mir dein Bett angeboten.

In der Nacht wäre ich bald umgekommen vor Schmerzen. Das Betäubungsmittel in meiner Brust ließ nach. Ich weinte mich in den Schlaf.

Wie sehr vermisste ich deine Arme, deine Nähe, deine Liebe.

Dabei lagen wir direkt nebeneinander.

Du wurdest mir fremd. Die Liebe ging!

Die Liebe, ich wollte sie festhalten, aber an dem Tag machte sie sich auf, die Richtung zu wechseln und ich konnte es nicht verhindern.

Einige Monate später fragte ich dich, warum du mich an dem Tag deiner Lesung so schlecht behandelt hattest. Die Antwort war niederschmetternd.

„Ja glaubst du, ich klatsche dir für deine unsinnige Aktion Beifall?"

Danke Herr S. Applaus für deine Worte!

Ein Jahr vor der Lesung, wir waren frisch zusammen.

Mit den Worten: "Ich liebe dich!" Tat ich mich immer schon schwer in meinem Leben.

Einen Tag gelang es mir tatsächlich, sie dir zu sagen.

Meinen ganzen Mut hatte ich zusammengenommen für die drei so wichtigen Worte.

Liebevoll schrieb ich dir, dass ich dich liebe, Herr S.

Du wusstest genau, Dinge wie diese sagte ich niemals nur aus einer Laune heraus.

An dem Tag war einer deiner Bekannten gesundheitlich nicht gut zurecht.

Das war mir nicht entgangen, wie du gelitten hast.

Aufmuntern wollte ich dich.

Mit meinen Worten, für die ich mich wirklich zusammenreißen musste, damit sie ehrlich und wundervoll in ihrer Bedeutung bei dir Gehör fanden.

Deine Reaktion war fantastisch.

„Gut, dass ich kein kleiner Junge mehr bin, der vor Freude und Begeisterung kreischend im Kreis rennt!"

Das saß!

Völlig eiskalt, stumpf und abwertend hast du auf die mir so wichtigen Worte, die aus meinem tiefsten Herzen kamen, reagiert.

Warum ging die Liebe zwischen uns?

Soll ich es dir sagen?

Weil du den Rosenverkäufer im China-Restaurant zu oft weggeschickt hast! Der voller Freude und mit einem wundervollen Lächeln im Gesicht zu uns an den Tisch kam.

In seinen Händen hielt er einen wunderschönen Strauß Baccara Rosen.

„Eine Rose für die Lady!" sagte er liebevoll.

Es klang vielleicht zaghaft auch nach einer Frage…Er schien etwas unsicher, der Rosenverkäufer. Dein Gesicht an dem Tag, du gucktest nämlich nicht freundlich.

Er beugte sich zu dir. Vorsichtig natürlich, der Mensch war wunderbar in seiner Art, wie er die Rosen verkaufte.

Es glich einer respektvollen Verneigung gegenüber deiner Person, Herr S.

Du jedoch hast genervt den Kopf geschüttelt.

„Nein!" Danke!

Hast ihn eiskalt fortgeschickt. Vorbei, weg von unserem Tisch.

4 Mal waren wir in dem Restaurant.

4 Mal hatte ich die Begegnung mit dem Rosenverkäufer und dir, Herr S. (von dem Ergebnis der 4. Begegnung erzähle ich ein anderes Mal, in einem anderen Buch)

Die ersten 2 Male dasselbe Spiel. Der freundlich lächelnde Rosenverkäufer wurde von dir gnadenlos abgewiesen.

Der arme indische Rosenverkäufer.

Er hatte Mitleid mit mir.

Und ich mit ihm.

Sicherlich dachte er, ich hatte eine Allergie gegen Rosen und du hast mir deshalb keine gekauft.

Eine Erkrankung vielleicht. Eine schlimme Erkrankung meinerseits gegen Blumen?

Als wir die dritte Begegnung hatten, mit dem Rosenverkäufer, hielt dieser sich bedeckt.

Die Verbeugung blieb aus. Das Lächeln in seinem Gesicht war verloschen.

Er erinnerte sich genau an dich, Herr S.

Er wusste, dass er keine Chance hatte, dir eine seiner Rosen zu verkaufen. Aus Mitleid mir gegenüber glaubte ich, er würde mir eines Tages vielleicht eine Rose schenken. Wie peinlich wäre es dir gegenüber gewesen, Herr S.?

Die Enttäuschung sah ich in seinem Gesicht, als er das 3. Mal an unserem Tisch stand. Ratlos blickte er mich an und noch bevor er die alles entscheidende Frage stellte, ob du Herr S. eine Rose kaufen wolltest, sagtest du euphorisch:

„Ja!" Bitte! Eine Rose für die Lady!

Der Rosenverkäufer, der wusste gar nicht, wie ihm geschah.

Das Lächeln kehrte zurück in sein Gesicht. Mir fiel ein Stein vom Herzen.

Endlich…

An dem Tag freute ich mich viel mehr über das erleichterte Gesicht des Rosenverkäufers, als über die Rose selbst, aber das sagte ich dir nicht, Herr S.

Hunderte Beispiele könnte ich nennen, warum die Liebe ging.

Der Rosenverkäufer, die Lesung, das Liebesgeständnis.

Wir Menschen lieben aus dem Herzen und nicht aus dem Verstand heraus. Beide müssen aber zusammen agieren. Das in Einklang zu bringen, funktioniert selten. Bei mir zumindest klappt es leider nicht wirklich.

In meinem Herzen blieb die Liebe!

Das machte mich teilweise so verrückt an der Geschichte mit Herrn S. Mein Verstand signalisierte mir, hey, schieß den ab den Typen, der hat doch nicht alle Tassen im Schrank.

Zumindest nicht im Schrank der Liebe.

„Aber, weil ich dich so sehr mag und gern in deine Richtung lenk und weil du mir so viel bedeutest, bist du ein Geschenk!

Ich spür, mit dir hat mich das Glück im Visier. Dich hat der Himmel geschickt".

(Sportfreunde Stiller)

Kapitel VII

Wir versuchen es nochmal mit der Liebe

Wenn ich in deinem Bett liege und mir den Kopf an dem Brett neben mir stoße, denke ich, Mensch, in welch einem Chaos bist du gelandet?

Du liebst einen Chaoten. Einen „Durchgeknallten", „Verrückten". Will ich das überhaupt? Ja, ich will!

Vielleicht genau deshalb, weil du so chaotisch und verrückt bist, liebe ich dich, Herr S. Mein Herz kämpft mit meinem Verstand.

Mein Herz liebt bedingungslos, trotz aller „Schwierigkeiten" in unserer Beziehung, kämpft es sich durch all meine Zweifel und begräbt den Gedanken, die Liebe zu dir beenden zu wollen.

Du bringst mich zum Orgasmus. Eigentlich will ich das nicht.

Du sollst mit meinem Körper nicht machen, was du willst. Nein!

Du hast die totale Beherrschung über meine Gefühle! Stopp!

Alles in mir reckt und streckt sich nach dir. Es will dich, mit allem, was du bist. Hilfe!

Ich gebe mich dir hin, mit allem, was ich bin.

Ein Orgasmus am Morgen. Ahhh… Herrlich!

Die Glocken läuten irgendwo in weiter Ferne. In meinem Schädel auch. Du hast sie geläutet, Herr S.!

Dass ich das Läuten hören kann, bedeutet, die Luft ist klar, die Sonne wird scheinen an diesem Tag.

Ein Morgen kann nicht besser beginnen als mit einem befreienden, fröhlichen Lachen, hervorgerufen aus der schönsten Sache der Welt und die Sonne scheint.

Voller Freude, Losgelassenheit und Ehrlichkeit heraus umarme ich dich. Halte mich ganz fest an dir. Möchte dich nie wieder loslassen.

Alles in mir ist befreit.

Du hast mich gerettet.

Wieder einmal… Wie wunderbar.

DANKE!

Auf eine einfache Art und Weise hast du mich zum glücklichsten Menschen gemacht an diesem Morgen.

Mit deiner Fingerfertigkeit, deinem Mund und deinen Worten, dass ich eine tolle Frau bin, hast du mir die Liebe eingeflößt. Heiß und süßlich schmeckt sie.

Danke!

Dieser Liebe traue ich. Ich fühle sie. Sie tut mir gut. Ich sage dir das. Ich sage dir immer wieder, dass ich dich liebe, Herr S.!

Es fällt mir leicht.

Das Einfachste von der Welt ist es für mittlerweile, dir zu sagen, dass ich dich liebe! Wie wunderbar!

Und das Schönste gleich mit dazu.

Ich bin glücklich. Mit dir. Mit uns.

Danke der Liebe! Deiner Liebe!

Niemals möchte ich aufhören, dich zu lieben. Nicht einmal daran denken, dass mir das passieren könnte.

Ich will dich in deinem Sein.

Bist du auch noch ein „Träumer", „Trockener Literat", gehst mit geschlossenen Augen durch die Welt und möchtest mich nicht sehen, weil ich gerade wieder einmal nicht in dein Leben passe, so liebe ich dich doch!

So will ich dennoch bei dir sein.

An deiner Seite.

Für immer.

Bei dir fühle ich mich gut aufgehoben.

Meine Liebe wohnt bei dir.

Mein zuhause ist bei dir, Herr S. Ich liebe dich!

Herzen brechen leise.

Foto: @ Stefan Dernbach

Das Herz wird schwer, wenn die Liebe geht...

Kapitel VIII

Das Blatt wendet sich.

Kalt wird es im Herzen. Was ist geschehen?

Was hat die Zeit aus uns gemacht? Warum bist du vom Leben enttäuscht? Warum tauchst du nicht mehr ein in das Glück, Herr S.?

Ich erkenne nicht mehr, das Du mich magst
Es gibt kein liebes Wort mehr, das Du sagst.
Du hast mich nicht mehr in den Arm genommen
Die Küsse bleiben aus, die ich bekomme. Man sagt: „Still ruht der See, die Vöglein schlafen "
Das war noch nie geschehen, seit wir uns trafen.
Alle Sinne waren in uns geweckt
Mit dem Mantel der Liebe zugedeckt. Wir genossen die Liebe ausgiebig
Die Zeit verrann uns dabei beliebig.
Jetzt plötzlich beginnt sie zu erschlaffen
Gefährdet alles, was wir geschaffen.

Wie soll es mit uns beiden weitergehen?
Kann ich mit Dir noch in die Zukunft sehen?
Soll ich nach vorne schauen ohne Dich?
Und willst Du wirklich leben ohne mich?

Resigniert habe ich. Die Probleme wurden mir überhand.

Die Last zu schwer.

Einmal holte ich aus!

Es geschah aus einem Versehen. Ich verpasste Herrn S. einen Schwertschlag mitten ins Herz.

Dabei sollte es nur ein Hilferuf sein.

Meine Liebe glaubte ich zu verlieren. Durch ein paar wenige Streitereien war ich verärgert und wirklich böse.

Mir wurde vorgeworfen, ich könnte nicht lieben. Ich sei ein kaltes, liebloses „Etwas".

Machtbesessen, Geldbesessen, wollte alles und jeden unter Kontrolle haben. Schwere Anschuldigungen.

Wie sollte ich meine Liebe beweisen? Liebe beweisen, geht das überhaupt?

Wenn du meine Liebe nicht gespürt hast, dann geh doch zum Teufel du Arsch****!

Liebe...

Liebe tut weh.

Komm, tu mir weh!

Stell dich nicht so an!

Es ist nicht die Liebe,
die weh tut.
Nein, es ist die Enttäuschung,
wenn wir verstehen,
dass wir uns in dem
Menschen so sehr geirrt
haben sollen.

Eine Versöhnung kam für Herrn S. gar nicht in Frage. Solange ich Herrn S. kenne, hat er niemals den ersten Schritt auf mich zwecks einer Versöhnung getätigt.

Mensch, wir Frauen. Wir wollen das doch!

Wir brauchen das!

Wir möchten, dass Männer uns in den Arsch kriechen, für uns Blumen kaufen und mit einem fetten Strauß in ihren Händen vor unseren Türen stehen.

Diese Lebensart war Herrn S. fremd.

Völlig.

Das machte mich noch wütender.

Ich musste mir den Arsch aufreißen, um unsere Beziehung zu kitten, sie geradezubiegen und alle Schuld musste ich auf mich nehmen!

Irgendwann nach 555 Malen, die ich das brav getan habe, wurde es mir zu viel und ich sagte,

NEIN!

Entweder bewegte dieser Mensch einmal seinen Hintern in meine Richtung oder er konnte mich mal dort, wo die Sonne nicht schien.

Das mit der Sonne gefiel Herrn S. besser.

Er fuhr nämlich prompt in Urlaub, ohne mir etwas zu sagen.

Vor Sorgen um ihn, starb ich beinahe den Heldentod. Der Mensch, den ich liebte, war seit 2 Tagen ohne Verbindung zu seiner Außenwelt.

Ich dachte, da wäre wer weiß was passiert. In Sorge fuhr ich nachts zu Herrn S. nach Hause.

Du Herr S., hast mich verarscht.

Du hast absichtlich nichts gesagt von deiner gemeinen und hinterhältigen Aktion.

Du wolltest mich bewusst in Sorge versetzen.

Du streitest das ab. Natürlich.

Aber ich kenne ich dich.

Ich liebe dich.

In der Liebe, da kannst du einem Menschen nichts vormachen!

Mir schon gar nicht.

Voller Wut war ich. Enttäuscht und verletzt.

Zumindest verspürte ich etwas Erleichterung, als ich hörte, dass es dir gut ging.

Du vergnügtest dich derweil im Ausland. Machtest nette Fotoausflüge, Lesungsbesichtigungen und hast dich erst mal erholen müssen von dem anstrengenden Leben, das hinter dir lag.

Mir fehlten für deine Aktion die Worte.

Mein Kopf kotzte sie aus die Liebe, deine Liebe.

Mein Herz weinte.

Für was sollte ich mich entscheiden?

Wieder diese Schmerzen erleiden?

Sollte ich mich freuen auf deine Rückkehr, wenn du mich liebevoll in den Arm nehmen und mir sagen würdest, wie sehr du mich liebst?

Wollte ich das? War das zwischen uns überhaupt noch Liebe? Das wir uns gegenseitig so verletzen mussten?

Ging das nicht anders mit der Liebe? Wären wir beide anders nicht viel glücklicher gewesen?

Hätte ich die Orgasmen in der Art spüren und neben dir im Bett so befreiend lachen können, wenn wir immer nur liebevoll miteinander umgegangen wären?

Uns niemals gestritten hätten so heftig und grauenvoll in der Art, wie Michael Douglas in seinem Rosenkrieg?

Den beiden Protagonisten aus dem Film standen wir in nichts nach. Die Heftigkeit unserer Streitereien waren dieselben.

„Du hast gewonnen!" sagtest du einmal zu mir.

In der Liebe geht es nicht ums Gewinnen. Für mich nicht.

Ich will dir auch nicht erklären, um was es für mich in der Liebe geht, Herr S. und niemand anderem.

Wer das beim Lesen dieser Zeilen immer noch nicht verstanden hat, worum es MIR in der Liebe geht, dem kann ich nicht mehr helfen.

Schmerz ist immer nur so stark, wie du ihn zulässt.

- Elle Voyage -

Kapitel IX

Rosenkrieg

Die Binnenhandlung erstreckt sich über Jahre, in denen der Konflikt des Ehepaares immer weiter eskaliert. Barbara Rose will die Scheidung, eine gütliche Einigung bezüglich des gemeinsamen Hauses scheint jedoch unmöglich. Es kommt zu absurden Handlungen wie dem Zerstören der Einrichtung oder einer Verfolgungsjagd im eigenen Haus. Am Ende liegen Barbara und Oliver Rose sterbend in der Eingangshalle ihres Hauses, nachdem sie bei dem vorausgegangenen Kampf im Treppenhaus mit dem Kronleuchter abgestürzt sind. Noch im Moment des Todes stößt Barbara die ausgestreckte Hand ihres Ehemannes weg.

Michael Douglas und Kathleen Turner in Rosenkrieg…

Herr S. und ich hatten während unserer Beziehung ebenfalls etwas aus der „Tragischen Komödie".

„Rosenkrieg".

Da ich nicht besonders scharf darauf war, zum Ende unserer Beziehung mit Herrn S. zusammen auf einem Kronleuchter sitzend, ebenfalls abzustürzen, wie die beiden Protagonisten im gleichnamigen Film, beendete ich die Liebe!

Roger Eber schrieb in der *Chicago Sun-Times* vom 8. Dezember 1989, die Komödie habe viele witzige Momente, doch sei sie zeitweise so grausam, dass man nicht lachen könne.

So erging es mir auch! Erinnere ich mich an die Liebe zu Herrn S., kann ich nicht lachen! Über einige unserer „Momente" gewiss.

Vielleicht verzichtet man manchmal besser auf gewisse Dinge im Leben, bevor sie zum totalen Absturz führen.

Mein Kopf signalisierte mir, das Maß ist voll.

Mein Herz möchte natürlich weitermachen in diesem Liebeswirrwarr mit Herrn S.

Eine Entscheidung zu treffen, ist wahrlich nicht einfach. Die Liebe ist festgefressen.

Mein Herz sagt Yes, mein Verstand sagt No!

Zur wahren Liebe
Gibt es keine Alternative.
Nur für die Triebe
Gibt´s eine reichlich primitive.

Die habe ich nie
Im Leben irgendwann ´mal gebraucht.
Viel besser ist die
Die keinem die Gefühle verstaucht!

Heinrich-Alexander Romeo, Gedicht 1737
alle sind entnommen seinem Gesamtwerk
LIEBE-SEHNSUCHT-LEBEN ,Ausg.2015

Kapitel X

Ende

Foto: Anais C. Miller

Ein neuer Mensch kam in mein Leben. Er fiel vom Himmel.

Ich wollte diesen Menschen nicht.

Er kam ungelegen, im völlig falschen Moment.

Eigentlich wollte ich den schnuckeligen, schwulen Typen aus meiner Kassenschlange, wenn ich mit Herrn S. schon nicht glücklich werden konnte.

Eines Tages stand ein anderer Mann in meiner Schlange an der Kasse.

Es ist vielleicht der Anfang einer neuen Liebe.

Was aus uns wird, das weiß ich nicht. Eigentlich dachte ich, ich könnte nicht mehr lieben.

Richtig lieben kann man nur einmal in seinem Leben oder?.

Jedenfalls…

Er, der vom Himmel in meine Kassenschlange fiel, ist ein sehr lieber Mensch. Er macht mich glücklich und er lässt mich staunen. Denn, er ist wunderbar lieb.

Er würde mir niemals weh tun! Niemals!?

Schade eigentlich…!

Stopp!

Verdammt!

Ohne die Schmerzen in meinem Herzen kann es doch zwischen uns gar keine Liebe werden und ich werde auch nicht glücklich sein oder doch…?

Liebe ist, wenn es weh tut und nur dann! Ich will **den** Menschen an meiner Seite haben, der in der Lage ist, mir die nötige, „schmerzvolle Liebesdosierung" zu verpassen und mir dabei die Freiheit lässt, zu entscheiden, wann ich sie mir von ihm abhole und wann ich meine Wunden von ihm lecken lassen möchte…! ☺ Danach bin ich süchtig…

Nachwort

All die Gedichte, Bilder und Anregungen sind von mir zufällig ausgewählt worden. Sie mögen den Verfassern ein Lob sein, eine Anerkennung für ihre Werke, im Namen der Liebe. Ich habe sie bewusst gewählt, weil sie dieses Buch liebevoll ergänzen.

Nehmt es bitte als Kompliment für eure Arbeit auf!

Foto:@ Curt Themessl, Wien

„Ich bin süchtig nach der Droge Liebe und ihren Nebenwirkungen. Ich brauche allerdings einen Menschen, der sie gezielt einzusetzen weiß und mich, wenn es schmerzt, dagegen behandeln kann!" -Elle Voyage

Ich bin die, die immer lacht...

Ich sitze hier im Dunkeln
Trotzdem kann ich nicht munkeln.
Was mir fehlt dazu, bist Du
Und das geb´ ich gerne zu.

Ohne Dich macht Garnichts Spaß
Ob zu Hause, ob im Gras.
Ob im Dunkeln, ob im Licht
Ohne Dich, da geht es nicht!

Ich bin literarisch vielleicht ein Dr. Jeckyll and Mr Hyde.

Elle Voyage

Liebe ist...

In diesem Buch zu finden!

Und unter:

https://www.facebook.com/Ellevoyage666/

Danke Anais C. Miller für die wundervolle Mitarbeit an meinem Buch!

Danke an alle Beteiligten, die es geschafft haben, diesem Buch ein wenig Liebe einzuflößen!

Schaut doch mal in den anderen Büchern vorbei: „Liebesbrief an Victor" (Frauensäfte) Die Antwort von Victor kommt übrigens Januar/Februar 2017 und auch Frauensäfte 2

☺

Eure Elle

Herstellung und Verlag:
BoD - Books on Demand, Norderstedt
ISBN 978-3-7412-7522-7